中国古代名著全本译注丛书

文赋 诗品

译注

〔晋〕陆 机 〔南朝梁〕锺 嵘 著

杨 明 译注

图书在版编目(CIP)数据

文赋诗品译注／(晋)陆机,(南朝梁)锺嵘著;杨
明译注. —上海:上海古籍出版社,2019.4 (2024.3 重印)
(中国古代名著全本译注丛书)
ISBN 978-7-5325-9173-2

Ⅰ.①文… Ⅱ.①陆… ②锺… ③杨… Ⅲ.①古典诗
歌—诗歌研究—中国②《文赋》—译文③《文赋》—注释
④《诗品》(南朝)—译文⑤诗品》(南朝)—注释
Ⅳ.①I207.22

中国版本图书馆 CIP 数据核字(2019)第 059169 号

中国古代名著全本译注丛书

文赋诗品译注

[晋] 陆　机　　　著
[南朝梁] 锺　嵘
杨　明　译注

上海古籍出版社出版发行

(上海市闵行区号景路 159 弄 1-5 号 A 座 5F　邮政编码 201101)
(1) 网址:www.guji.com.cn
(2) E-mail:guji1@guji.com.cn
(3) 易文网网址:www.ewen.co
江阴市机关印刷服务有限公司印刷
开本 890×1240　1/32　印张 5.375　插页 5　字数 200,000
2019 年 4 月第 1 版　2024 年 3 月第 3 次印刷
印数:6,201—7,500
ISBN 978-7-5325-9173-2
I·3367　定价:30.00 元
如有质量问题,请与承印公司联系

前　言

在我国文学理论批评史上，陆机《文赋》和锺嵘《诗品》都是脍炙人口的著作，占有重要的地位。

陆机（261—303），字士衡，吴郡吴县（治今江苏苏州）人。祖父陆逊为三国吴丞相，父陆抗为吴大司马。陆抗卒时，陆机才十四五岁，即分领父兵，为牙门将。二十岁时吴国灭于晋，乃退居于华亭（在今上海松江）家中，闭门读书，约有十年。晋惠帝永平初，北上至洛阳，以文才倾动一时，著名文人张华竟说"伐吴之役，利获二俊（指陆机与弟云）"（《晋书·陆机传》）。陆机此后曾任太子洗马、吴王郎中令、尚书中兵郎、殿中郎、著作郎、相国参军、中书侍郎、平原内史等职。他本是大族出身，怀有建立功名、光耀祖宗的强烈愿望。在西晋统治集团复杂残酷的内部斗争中，并不能像他的同乡张翰那样因秋风莼鲈之思而毅然归隐，终于被谗遇害，与陆云同时被杀。临死前长叹道："华亭鹤唳，岂可复闻乎！"（同上）乃从容就戮。一时人士，颇为之痛悼叹息。

陆机的诗文创作，情感强烈，辞藻富丽，代表了西晋文学发展的新趋向，在晋代、南北朝以至唐代都享有崇高的声誉。锺嵘《诗品》便称他"才高词赡，举体华美"，置于上品。宋以后贬抑者渐多，但其大家地位仍为许多论者所公认。

《文赋》的作年不详，有的学者考证是陆机四十一岁或四十岁时所作。这是一篇描绘写作时种种情状的作品。陆机本人既是一位大作家，当然深知其中甘苦，因此能将作家的劳动、作文的思维过程等等复杂多变、难描难绘的情况，写得唯妙唯肖，曲尽其奥。其语言华美多姿，富于形象性，实在是难得的佳作。而且赋中谈到的一些问题，以今日的眼光去看，颇有理论意义，富于独创性。因为那都是从写作实践中产生的真知灼见。

《文赋》前有短序。序中提出了物—意—文的关系问题。在陆机看来，创作便是力求构思、酝酿与外物相称的"意"，并力求以恰当的文辞加以表达。他觉得这是一个困难的过程，总是感到"意不称物，文不逮意"。这使我们想起数百年后北宋大文豪苏轼的一段话："求物之妙，如系风捕影。能使是物了然于心者，盖千万人而不一遇也，而况能使了然与口与手者乎?"（《答谢民师书》）陆机、苏轼的作品，当然风格大不相同，但是他们的创作心得有颇为一致的地方。其原因即在于创作是具有共同规律的。

《文赋》一开头，先描写创作冲动的发生。陆机将此归结为两个方面：一是作者因自然景物、四时推迁而兴起感慨，一是因阅读、欣赏古今作品而产生写作欲望。这也是来自写作实践的体会。值得注意的是，其第一个方面，所谓"悲落叶于劲秋，喜柔条于芳春"云云，反映了文人生活和创作中的一个重要现象，即对于自然景物非常敏感，认为自然景物具有激发人的情感的强大力量。先秦汉代儒家的诗、乐理论，原重视外部环境对人心的作用，认为音乐、诗歌是人心为外物所感的产物。但那种理论所注意、所强调的乃是社会环境。对于自然景物感动人心这一现象的自觉，则是魏晋以后新的现象。《文赋》没有强调社会环境激发情感的作用，但也不等于陆机否定这种作用。"瞻万物而思纷"，"万物"之物可以理解为主要指自然物，而"思纷"之"思"则当然是包括作家在社会经历、人生遭际中所产生的种种思绪，而且主要是这方面的内容。陆机的意思，只是说自然风物是一种触媒，一种诱因，具有触发人们胸中块垒的强大力量而已。

《文赋》接着描绘了创作构思的过程。作家的思维活动，瞬息万变，难以捉摸，而被陆机写得那样生动亲切、妙趣横生，不由人不衷心赞叹。他以形象化的语言，写出了这种思维的几个特点：

第一，构思时必须精神高度集中，心境清明，物我两忘。这是作家深入思考、展开想象的前提。第二，创作时思维活动极其活跃，驰骋于极其宽广的时间、空间之内。"观古今于须臾，抚四海于一瞬"，作家的心灵是极其自由的，能够牢笼天地，驱遣万有，将丰富的内容捉搦于作品之中。第三，构思中伴随着两个重要的因素：一是形象，二是情感。"物昭晰而互进"，是说外物的形象清清楚楚地映现于作家脑海中，而且由此及彼，互相推进。同时"情瞳眬而弥鲜"，作家的情感也由朦胧而变得鲜明、强烈，以至于想到要写的乐事便笑起来，写到悲哀的事便不由自主地叹息。创作欲望本由情感激动而生，而随着构思的深入、想象的开展，情感活动乃更加活跃丰富；它反转来又激发想象，推进构思。如果"六情底滞"，情感活动呆滞了，那么文思也就阻塞枯窘了。《文赋》关于形象和情感的描述，实已抓住了作家、艺术家思维活动最主要的特点。第四，在作家的思维中，语言起着重要的作用。《文赋》在这方面花费了不少笔墨加以描述，反映出陆机对运用语言的高度重视。他说：寻找合适的语汇，犹如深水求鱼，高空弋鸟，上下求索，费尽苦心。前人的各种作品，此时都浮上脑际，以供采择驱遣，哪怕是阙疑遗佚之文都不放过。但又不是照样搬弄，而是力图萌发新意，自铸伟辞。他实际上说到了语言运用中的继承与创新。画家、音乐家的想象构思，所运用的是线条、色彩、旋律等，而作家所用的则是语言。"思风发于胸臆，言泉流于唇齿"，思路的通畅活跃与语言的流利丰富是紧相联系的。第五，构思中还有一特点，即有时文思顺遂，酣畅淋漓，有时却艰涩阻滞。这便是今日所谓灵感来与不来的问题。陆机作为一位大力从事写作的诗文大家，对此有深切的体会，但又感到困惑，不明其中缘故。《文赋》对于创作思维过程的描绘,大致可作如上的概括。这一描述前无古人,是赋中最精彩的部分,对后世的文论影响很大。

《文赋》中还写到不少重要的问题。例如从作者的主观爱好和文章的不同体裁两个方面,叙述了作品体貌、风格的多样性。其中"诗缘情而绮靡"一句,对后世影响尤大。人们把"缘情绮靡"作为称道佳作的赞语,甚至作为诗的代称。但也有人因这一概括只说诗的抒情性和美好动人的特点而不言及诗的政教作用而予以攻击。又如《文赋》相当细致地写了作文时遇到的一些具体问题,指出解决的办法,并以不小的篇幅谈论文章利病。从中可以看出陆机对文章的审美要求:内容须充实动人,构思立意应巧妙新颖,文辞应妍丽多彩。他还首次提出了对于文辞声音之美的要求。《文赋》本身,正是这样一篇意深、喻巧、辞丽的美文。

魏晋南北朝是所谓文学的自觉时代,文学家们较多地谈论文学内部的种种问题和规律,较为重视文学作品的审美功能,而对于汉代儒家文论所十分强调的文学艺术的政教作用,则实际上不太重视。陆机生活在这一时代的早期,其《文赋》是我国文学理论史上第一篇全面、细致探讨创作活动的文章。而钟嵘则生活于这一时代的晚期,其《诗品》(一名《诗评》)乃是我国第一部诗歌理论和批评专著。

钟嵘(约468—约518),字仲伟,颍川长社(今河南长葛东北)人,生活在南朝齐、梁时期。齐时曾任南康王国侍郎、抚军行参军、安国县令、司徒行参军等职,入梁之后,曾任萧宏、萧元简、萧纲三位皇室贵胄的参军、记室。萧纲即后来的简文帝,爱好文学。钟嵘任其记室时,他才十六岁,钟嵘则已约五十岁,不久即卒于任上。

《诗品》是钟嵘晚年所著,约撰成于梁武帝天监十二年

（513）以后，比刘勰的《文心雕龙》晚十多年。《文心雕龙》广泛地论述各种体裁的文章，《诗品》则专论五言诗，它们都是我们古代文学理论著作中的瑰宝。

我国是诗的国度。以五言诗而言，萌生于西汉，经过五六百年的滋长，至钟嵘时早已蔚为大国，积累了许多优秀的作品。齐梁时吟风尤盛。而作者既多，流派亦众，不免良莠不齐。对于古今诗人的评价，对于怎样的诗歌才算是美的问题，也是众口喧腾，纷纭不已。钟嵘对这样的情况颇为不满。他写作《诗品》，就是要发表自己的看法，企图树立一个他认为是正确的标准。

钟嵘的做法，是选择古今著名诗人一百二十二人（另有不知名的汉代古诗作者一条），区分为上、中、下三品，加以简短的评论。在评论中，对一部分诗人还依据其风格等方面的特点，推溯其源，分成出于《国风》、《小雅》、《楚辞》三个系统。这区分等级和分析流派二者，可说是《诗品》在批评方法上最显著的特点。另外，在全书开头处以及中品、下品开头处还就某些有关的问题，如诗的产生和功用、五言诗发展过程、诗的写作手法、齐梁诗坛的弊端等，直接发表自己的意见。今天我们阅读《诗品》，不但有助于对所评诗人的了解，更可以通过其品评、论述，了解钟嵘的诗歌审美标准，了解他的诗歌美学思想。如果将《诗品》与同时代的批评风气、理论观点相比对，还可以知道，钟嵘的标准、观点，固然有与当时风气相左之处，但在基本方面，却仍反映了时代风气，反映了当时文学修养、鉴赏能力较高的人们共同的审美观念。

《诗品》的诗歌审美观，大致上可归纳为以下几个方面：

第一，以情感动人为美，尤其以哀怨的情感表现为美。

在《诗品序》中，钟嵘指出诗是"摇荡性情"、"感荡心灵"的产物，还说好诗差不多都是作者遭遇不幸、悲情郁结、一吐为快而产生的。在具体评论诗人时，他也经常使用"哀怨"、"愀怆"、"感恨"、"悲凉"、"惆怅"等等字眼。悲剧性的情感富于力度，让人感到强烈的震撼，因此被特别提出，认为是一种美。

先秦、汉代的儒家文艺理论，也早就指出诗是"情动于中而形于言"的产物，并且说诗的功能之一是"可以怨"。但是那种理论并不将表现情感、欣赏情感本身当作目的，而是将美刺教化作为目的，因此对情感的内容、强度都加以限制，强调情感与政教的联系，强调情感的内容必须符合儒家道德规范，并反对过于强烈使人情性摇荡、流连哀思的情感表现。锺嵘的趣味、观点，实质上与儒家的诗乐理论是不同的。

以情感动人为美，甚至以悲为美，这种情趣颇堪玩味。事实上先秦汉代就已存在此种审美现象，只是在正统儒家理论压抑下未占主要地位，未能在理论上作明确表述而已。到了魏晋时期便不同了。就拿陆机《文赋》来说，将佳作称为"凄若繁弦"，对不好的作品则指责为"言寡情而鲜爱"、"虽和而不悲"，不就是这种趣味的反映吗?《文赋》说"诗缘情而绮靡"，只说诗因情而生，美好动人，而不言及政治教化作用。这就是文学自觉时期的特点。锺嵘的理论也是这样的。以悲为美，又不仅中国如此，西方亦然。西方的哲学家、美学家对这种心理现象作过深入探讨，提出过各种各样的理论。东西相对照，是颇为有趣的事情。

第二，锺嵘认为理想的诗美，应是"风力"与"丹采"相结合，以风力为主而用丹采加以润饰。

所谓"风力"，是指作品给人一种爽朗、富于生气的感受。这与上文所说的重视情感有联系。情感表现得生动活跃、鲜明感人，便具有风力。风力、风骨、骨气的意思大致相同，那原是南朝人论艺事（包括诗文、书法、绘画等）共通的范畴。锺嵘认为建安时代的诗作便是具有风力的典型。风力、风骨范畴的建立，对于后世的诗歌思想颇有影响。比如盛唐诗人便自觉地追求风骨之美，那与盛唐诗歌明朗、浑成、刚健有力的优良风貌的形成，是颇有关系的。

至于"丹采",是指诗歌文辞的美丽。重视丹采,具有鲜明的时代特征。自汉代以来,直至南朝末年,诗歌语言大体沿着由质朴到华丽的路子发展(当然其中也有例外,有曲折),词藻日益丰富,对偶日益工整,声调也越来越讲究。在这一方面,锺嵘并未超拔于时代风气之外。他在评论诗人时,将此点作为一项重要标准。比如曹操诗,后人评为"如幽燕老将,气韵沉雄"(宋敖陶孙《诗评》),"跌宕悲凉,独臻超越"(清陈祚明《采菽堂古诗选》),评价很高。锺嵘说其诗"甚有悲凉之句",表示称赞,但又说"曹公古直",则含不满之意。曹诗被列于下品,实与其语言之太质朴古拙有关。又如陶潜,苏东坡推崇为曹植、刘桢、鲍照、谢灵运甚至李白、杜甫都不能及的大诗人,锺嵘也只列之于中品,那也是由于陶诗质朴无华的缘故。明清时代的论者对《诗品》抑低曹、陶的做法最为不满。其实那不是锺嵘个人识见高下的问题,而是由于不同时代具有不同的审美标准。那种质朴、平淡的外表之下的内在美,南朝时的人还难有深切的体会。

关于重视语言美丽这一点,锺嵘也有与时风不一致之处,那就是对于诗歌声律的看法。南齐永明以来,沈约等人提倡四声八病之说,企图通过人为制订的细密的规则,使得诗歌读起来琅琅动听。其风气盛极一时,锺嵘却加以激烈的抨击。他主张诗歌只要顺口不蹇涩即可,不该搞得那么繁琐,使诗人被规则所束缚。

第三,锺嵘评论诗人,崇尚"天才",要求"直寻"、"自然"。这或许是其诗歌美学思想中最值得注意的方面。

所谓"直寻",当包括两方面的意思:一是说诗人对外界事物的美应具有直接的、敏锐的感受力,应能常常进入兴会淋漓的状态;二是说诗人还应具有以自然明朗的语言将这种美直接表现出来的能力。比如谢灵运那些描绘山水风景的诗句,鲜活自然,被誉为如芙蓉出水,就是"直寻"的典型。锺嵘称赞他"兴多才高"，是不易企及的"天才"。

　　钟嵘提出这一点，原是针对南朝颜延之、任昉及其效颦者而发。他们在诗中堆砌典故，以博涉群书、能运用别人未曾用过的典故而洋洋得意，钟嵘讽刺那种风气是"虽谢天才，且表学问"。虽是针对一时风气，但其意义却非常深远。他说："若乃经国文符，应资博古；撰德驳奏，宜穷往烈。至乎吟咏情性，亦何贵于用事？""吟咏情性"是借用《毛诗大序》的话，是吟诗的代称。钟嵘的意思是说，诗之所以为诗，之所以不同于其他体裁的作品，就在于它是诗人情性的表现，根本就不该堆垛事典，表现学问。这使我们想起数百年后南宋严羽的《沧浪诗话》。严羽说"诗有别材"，"诗有别趣"，与学问不是一回事；又说做诗全在"妙悟"。这"妙悟"就近乎钟嵘所说的"天才"。严羽说这番话的背景也与钟嵘相近，他是针对江西诗派末流以文字为诗、以才学为诗、以议论为诗的风气而发，正如钟嵘针对颜、任等人一样。钟嵘、严羽都是从强调诗的本质、强调诗歌固有特点的角度立论的。严羽的诗论对后世影响很大，而其基本精神，可说钟嵘已于数百年前发之。

　　钟嵘强调"自然"、"直寻"，重视天才即审美感受力，其中还包含后世意境说的某些萌芽。首先，意境说的根本点，一是必须描绘出一个客观境界；二是这个境界能让读者流连徘徊，享受到一种难以言传、沁人心脾、抚玩无极的美。意境说与传统的言志缘情说的区别，就在于它更偏于表现客观外物，表现一种"境界"。钟嵘虽然还没有明白说出这一点，但从他论述时所举的例句看，从他强调那些例句"既是即目"、"亦唯所见"来看，从他对山水诗人谢灵运"兴多才高"的倾倒来看，他心目中的"自然英旨"之句，大体上乃是描绘外界景物或情景结合的句子。其次，后世意境说强调作家必须"能观"，强调"一切境界无不为诗人设，世无诗人，即无此种境界"（见王国维《人间词话·附录》），那也与锺嵘强调天才相通。还有，意境说强调"不隔"，要求"不使隶事之句，不用装饰之字"，"最忌用替代字"（《人间词话》）。那又与锺嵘反对在诗中抄书、反对"拘挛补衲"也相一致。总之，锺嵘的说法虽还明而未融，但就基本精神而言，可说是具有意境说的一些萌芽状态的东西的。这也是南朝诗歌创作和理论发展到一定程度的产物。从创作方面说，谢灵运以自然清新的山水诗开创风气，引起热烈的仿效，便是锺嵘理论提出的基础。从理论方面说，比如刘勰《文心雕龙·物色》评刘宋以来山水诗为"不加雕削，而曲写毫芥"，《隐秀》篇强调秀句不是"雕削取巧"，而是"自然会妙"，是"浅而炜烨"的自然的花朵，而不是人工染色的绫罗绸缎，那便正与锺嵘的说法声气相通。

锺嵘《诗品》所反映的诗歌美学思想，其主要的内容可大致归纳为以上三点。至于分品论人和区分流派、追溯源流等方面的内容，这里就略而不论了。

对《文赋》、《诗品》的研究，学界已取得了许多成果，注释和翻译也已有多种。这些成绩，积聚了几代学人的心力。笔者的译注工作是在此基础上进行的。先师王运熙先生的《魏晋南北朝文学批评史·锺嵘〈诗品〉》、《锺嵘〈诗品〉陶诗源出应璩解》、《锺嵘〈诗品〉和时代风气》、《锺嵘〈诗品〉论奇》等论著，给我以重大的启发，为译注工作提供了坚实的基础。张少康先生的《文赋集释》、曹旭先生的《诗品集注》，校勘精细，汇集诸家的解释，并提出己见，二者都是本书撰写过程中不可或缺的参考书。其他许多学者的著作，包括专书和单篇论文，本书也多有吸取，凡所引用都在注释中予以说明。同时，笔者在多年的研究中积累了不少心得，有的是诠释费解的语词，有的还涉及对于陆机、锺嵘以至六朝文学思想的体会、理解，也都融入本书的注释、翻译之中。近年来笔者致力于陆机作品的整理，有《陆机集校笺》问世，本书《文赋》的文字校勘和注释，即依据该书，不过不出校记，注释也不旁征博引，以合乎普及读物的需要。至于《诗品》的文字校勘，基本依照曹旭先生《诗品集注》，也不出校记。《诗品》中少数文字，主要是涉及诗人所属时代之处，自元刊《山堂先生群书考索》本以来诸种版本皆误，可能是锺嵘原来就有的讹误，《诗品集注》据晚清以来学者们的考订加以纠正，本书从之，此类则在注释中予以说明。

　　本书曾于1999年由上海古籍出版社出版，收入"中华古籍译注丛书"。近二十年来，有关的研究又有新的成果，笔者本人也有新的认识。乘此次出版的机会，作了一次全面、认真的校订，除纠正个别错字外，更吸取新的成果，融入新的认识，无论校勘、注释还是翻译，都力求更加准确，一字一句，不敢轻率从事。希望在面向大众、有利普及的同时，能做到科学、严谨，具有较高的学术价值。当然，限于个人学力、水平，难免仍存在不当、错误之处，诚恳地期望得到学界和广大读者的指正。

　　借此机会，对促成此书初版和修订再版的上海古籍出版社，对关心此书、仔细审阅全稿的高克勤、聂世美、奚彤云、钮君怡等诸位先生，表示衷心的谢意。

杨　明

2018 年 8 月

目　录

文 赋

[晋] 陆 机 著

余每观才士之所作，窃有以得其用心[1]。夫其放言遣辞[2]，良多变矣[3]。妍蚩好恶[4]，可得而言。每自属文[5]，尤见其情。恒患意不称物，文不逮意[6]。盖非知之难，能之难也[7]。故作《文赋》以述先士之盛藻[8]，因论作文之利害所由。他日殆可谓曲尽其妙[9]。至于操斧伐柯，虽取则不远[10]，若夫随手之变[11]，良难以辞逮。盖所能言者，具于此云尔[12]。

【注释】

〔1〕窃：谦词，私下。　用心：指如何构思用意以作文。

〔2〕放言：即遣辞。放，有布置、安置义。

〔3〕良：确实。

〔4〕妍蚩(yán chī 言吃)：美丑。

〔5〕属(zhǔ 主)文：缀文，作文。

〔6〕"文不"句：《易·系辞上》："言不尽意。"逮，及。

〔7〕"盖非"二句：《左传》昭公十年："非知之实难，将在行之。"

〔8〕盛藻：盛多的辞藻，犹言美文。

〔9〕他日：异日，来日。　殆：近于，大约。　可谓：可以。　曲尽其妙：曲折细微地尽其妙处。

〔10〕"至于"二句：《诗·豳风·伐柯》："伐柯伐柯，其则不远。"柯，斧柄。则，法。诗谓伐木为柯，即可比视手中之柯而为其长短大小，其法式不待远求。按：此处似言作此《文赋》以述为文之用心，即可就近体会眼下作赋之情状以论之。

〔11〕随手之变：临文之际随机应变的细微精妙处。

〔12〕"盖所"二句：言本赋所论，也只是大略而已。《庄子·秋水》："可以言论者，物之粗也；可以意致者，物之精也；言之所不能

论、意之所不能察致者，不期精粗焉。"云尔，语末助词，带有指示而引人注意的语气。

【译文】

　　我每读才士的作品，私下以为能明白其构思用意。他们的运用言辞，确是变化多端。其中美丑优劣，都可指说。每当自己作文，于其中情况尤其见得真切。总是遗憾心中之意不能与外界之物相称，文辞又不能很好地表达其意。大约困难不在于知其事，而在于行其事。因此作《文赋》以讨论前人的创作，因之而论析作文时利害得失的原由，以后或许能一一尽其妙处。至于说拿着斧子伐木为柄，其式样虽然就在眼前，但是随心顺手的千变万化，实在难以用语言表达清楚。不过大概所能够述说的，全都写在这儿了。

　　伫中区以玄览[1]，颐情志于典坟[2]。遵四时以叹逝[3]，瞻万物而思纷。悲落叶于劲秋，喜柔条于芳春。心懔懔以怀霜[4]，志眇眇而临云[5]。咏世德之骏烈[6]，诵先民之清芬。游文章之林府[7]，嘉丽藻之彬彬[8]。慨投篇而援笔，聊宣之乎斯文[9]。

【注释】

　　[1] 伫：久立。　中区：即区中，人世间。　玄览：深远的观照。《老子》十章："涤除玄览。"张衡《东京赋》："睿哲玄览，都兹洛宫。"曹植《卞太后诔》："玄览万机。"

　　[2] 颐：养，犹言陶冶。　典坟：即三坟五典，泛指古代文籍。

　　[3] 遵：循，沿。　逝：往。《论语·子罕》："子在川上曰：逝者如斯夫，不舍昼夜。"潘岳《秋兴赋》："临川感流以叹逝兮。"陆机有《叹逝赋》。以下四句承"伫中区"句，言作者因景物变迁而兴起感慨。

　　[4] 懔懔：敬畏严肃貌。

　　[5] 眇眇：高远貌。　以上二句兼绾上下文，描写观物、读书时肃

然高远的审美感受。

　　〔6〕世德：先世之有德者。《诗·大雅·下武》："王配于京，世德作
求。"　骏：大。　烈：美。

　　〔7〕林府：森林和府库。喻文章之众多。

　　〔8〕彬彬：《论语·雍也》："文质彬彬，然后君子。"何晏《集解》
引包咸曰："彬彬，文质相半之貌。"此言文辞之美丽与质朴结合得好，
华丽而不过分。　以上四句承"颐情志"句，言作者因阅读书籍、玩赏
文章而兴起感慨。

　　〔9〕以上为第一段，述写作冲动激发之由。

【译文】

　　久立天地之间，深入观照；潜心典籍之中，陶冶情志。随四
时迁变叹逝者如斯，见万物盛衰而思绪纷至。感伤啊肃杀的秋风
摧落了枯叶，欣喜啊芬芳的春气催生着柔枝。有时心境肃穆如胸
怀霜雪，有时情致高远如直上青云。歌咏先贤之伟大美好，吟诵
前人之清高芬馨。畅游文章之府，佳作如林；叹美丰辞丽藻，文
质彬彬。于是慨然放下篇卷，拿起笔来，且把所感所想抒写成文。

　　其始也，皆收视反听[1]，耽思傍讯[2]。精骛八
极[3]，心游万仞[4]。其致也[5]，情曈昽而弥鲜[6]，物
昭晰而互进[7]。倾群言之沥液[8]，漱六艺之芳润[9]。
浮天渊以安流，濯下泉而潜浸[10]。于是沉辞怫悦[11]，
若游鱼衔钩而出重渊之深；浮藻联翩[12]，若翰鸟缨缴
而坠曾云之峻[13]。收百世之阙文[14]，采千载之遗
韵[15]。谢朝华于已披[16]，启夕秀于未振[17]。观古今之
须臾，抚四海于一瞬[18]。

【注释】

　　〔1〕收视反听：《文选》李善注："言不视听也。"按：收视反听，意

同"内视反听"。《史记·商鞅列传》载赵良之言曰:"反听之谓聪,内视之谓明。"《春秋繁露·同类相动》:"故聪明圣神,内视反听。"《后汉书·王允传》载何进等上疏曰:"夫内视反听,则忠臣竭诚。"又《老子》十五章"古之善为士者……深不可识"河上公注:"道德深远,不可识知,内视若盲,反听若聋,莫知所长。"又三十三章"自知者明"河上公注:"人能自知贤与不肖,是为反听无声,内视无形,故为明也。"又《鬼谷子·本经阴符》:"无为而求,安静五脏,和通六腑;精神魂魄,固守不动。乃能内视反听,定志虑,之太虚,待神往来。"嵇康《答向子期难养生论》:"内视反听,爱气啬精。"可知其语乃汉魏以来之常语,既用于治国,亦用于养身治心;既有凝神寂虑、摒除见闻之意,亦有自我省察、视听于无形无声之境之意。陆机云收视反听,乃以其语移用于艺术构思,兼有集中精神、不视听于外及视听于内、展开想象之意。

〔2〕耽思:深思。 傍讯:多方探求。

〔3〕八极:八方极远之地。《淮南子·地形》:"九州之外乃有八殥……八殥之外而有八纮,……八纮之外乃有八极。"又《人间》:"发一端,散无竟;周八极,总一管:谓之心。"

〔4〕万仞:言极高之处。七尺或八尺为仞。

〔5〕致:至。

〔6〕曈昽(tóng lóng 童龙):由暗而明貌。

〔7〕昭晰(zhé 哲):明朗。

〔8〕群言:指众多的文章著作。 沥液:点滴。喻精华。

〔9〕六艺:指《易》《书》《诗》《礼》《乐》《春秋》六种儒家经典。

〔10〕下泉:《诗·曹风·下泉》:"冽彼下泉,浸彼苞稂。"《毛传》:"下泉,泉下流也。"

〔11〕怫(fú 服)悦:难出之貌。

〔12〕联翩:连续不断貌。

〔13〕翰鸟:高飞之鸟。 缨:缠绕。 缴(zhuó 苗):系在箭上的生丝绳。 曾:通"层",高。

〔14〕阙文:《论语·卫灵公》:"子曰:吾犹及史之阙文也。"何晏《集解》引包咸曰:"古之良史,于书字有疑则阙之,以待知者。"阙,同"缺"。此指古书有缺疑不书或残缺之文。

〔15〕遗韵:犹言遗文。亦指遗佚不全之文。

〔16〕谢:弃。 华:花。 披:开。

〔17〕启：开。 秀：草木之花。 振：发。

〔18〕"抚四海"句：《庄子·在宥》："其（人心）疾俯仰之间而再抚四海之外。"抚，巡。 以上为第二段，描述开始构思时驰骋想象之状。

【译文】

作文开始之时，都收回视线，向内听闻；深入思索，广泛搜寻。精神飞向四面八方，心思游于万仞高天。文思来临之时，情感由朦胧而越来越鲜明，物象也清晰地交互进前。倾倒出群书的精华，含漱着六艺的甘美。浮在天河之上，安然漂流；潜入地泉之中，默默浸洗。于是辞藻或艰涩不畅，如游鱼吞钩，被沉沉地从深渊中拽出；或轻快顺适，如飞鸟中箭，从高高的云层上坠落。百代前的阙文也加以吸取，千年前的残篇也予以采掇。清晨已开的花朵弃而不取，黄昏未绽的蓓蕾则催其开启。观览古今于须臾片刻，巡行四海于一瞬之际。

然后选义按部〔1〕，考辞就班〔2〕。抱景者咸叩〔3〕，怀响者毕弹〔4〕。或因枝以振叶，或沿波而讨源〔5〕。或本隐以之显〔6〕，或求易而得难。或虎变而兽扰〔7〕，或龙见而鸟澜〔8〕。或妥帖而易施〔9〕，或岨峿而不安〔10〕。罄澄心以凝思〔11〕，眇众虑而为言〔12〕。笼天地于形内〔13〕，挫万物于笔端〔14〕。始踯躅于燥吻〔15〕，终流离于濡翰〔16〕。理扶质以立干〔17〕，文垂条而结繁〔18〕。信情貌之不差〔19〕，故每变而在颜：思涉乐其必笑，方言哀而已叹。或操觚以率尔〔20〕，或含毫而邈然〔21〕。

【注释】

〔1〕义：事理，泛指文中要写的内容，与下句"辞"对举。 按：依。 部：部类。

〔2〕考：察究。 班：班次。

〔3〕景：光。

〔4〕毕：一本作"必"。　弹：叩击。

〔5〕"或因枝"二句：或由本而末，或由末而本，指行文之先后次序。

〔6〕隐：深隐，不显豁。《汉书·司马相如传》："《易》本隐以之显。"此借用其语。

〔7〕虎变：《易·革》："九五。大人虎变。"《象》曰："大人虎变，其文炳也。"喻伟大人物之革新创制。此借用其语，当指文中主要的意思已经确立。　兽扰：喻陪衬的意思随之安排妥帖。扰，驯顺。

〔8〕龙见：《庄子·在宥》："尸居而龙见。"言大人静居则如尸，行动则如龙。此借用其语，亦喻文章之本根已立。　澜：散乱。　钱锺书《管锥编》（第三册）释此二句云："主意已得，陪宾衬托，安排井井，章节不紊，如猛虎一啸，则百兽帖服；……新意忽萌，一波起而万波随，一发牵而全身动，如龙腾海立，则鸥鸟惊翔。"可参。

〔9〕妥帖：恰当。

〔10〕龃龉(jǔ yǔ 举语)：不相合，抵触。

〔11〕罄：尽。

〔12〕眇众虑：精深微妙地考虑、组织诸种思绪。《易·说卦》"妙万物而为言。"《经典释文》云董遇、王肃注本妙作"眇"。陆机《列仙赋》"妙群生而为言"、《羽扇赋》"妙自然以为言"、《漏刻赋》"妙万物而为基"，均借用《说卦》语。眇，通"妙"。

〔13〕形：指文字、文章。文字可见，故曰形。

〔14〕挫(zuò 坐)：捉搦，抓握。

〔15〕踯躅：徘徊不前。此喻去取未定。　燥吻：干燥的口唇。言吟哦久之，唇焦舌燥。

〔16〕流离：沾湿下滴貌。此喻文笔酣畅。　濡翰：蘸吸墨汁的笔。濡，沾湿。翰，笔。

〔17〕理：泛指事理、事情，不必拘执于作抽象的"道理"之类理解。《礼记·乐记》："礼也者，理之不可易者也。"郑玄注："理犹事也。"此处泛指文章中所写的种种事理、事情，即文章的内容。　质：本体。　干：主干。

〔18〕文：文采，辞采。　条：枝条。　繁：繁荫。　以上二句以树之主干与枝叶为喻，言内容与文采的主从关系。

〔19〕信：确实。　情：指作者写作时的情感活动。　貌：与下文之"颜"同指作者的面部表情。　这二句言写作时身心投入，情感充溢。

〔20〕觚（gū 孤）：方木，古人用以书写，即木牍之类。 率尔：疾速貌。率，通"猝"。尔，形容词语尾。

〔21〕含毫：吮笔。毫，笔毫。 邈然：言杳无所得。邈，远。 以上为第三段。描述写作过程中选辞征材、布局命意、凝神苦思、文情相生等种种情事。

【译文】

然后选择事义，分门别类；察究辞语，按部就班。含光抱景的全都加以叩问，挟响怀声的无不一一击弹。或循枝条而振摇其叶，或沿波流以寻讨其源。或由深隐而趋于显明，或求平易而反得艰难。或如猛虎奋威而百兽驯服，或像神龙现身而群鸟飞散。或妥帖恰当而易于施行，或龃龉抵触而不能相安。竭尽澄明的心思凝神考虑，妙铸纷纭的思绪发为话言。笼取天地于文内，捉搦万物于笔端。开始时久久吟哦，唇干舌燥；终于能笔墨淋漓，酣畅成文。表达事理如扶持本体而树立主干；敷饰藻采似垂下枝条而结成繁荫。真是内情与外貌毫无差愆，当然每一变化都反映在颜面：想起了乐事必定含笑，刚言及哀情已经长叹。有时拿过简牍便奋笔疾书，有时吮着笔尖而文思渺然。

伊兹事之可乐[1]，固圣贤之所钦。课虚无以责有，叩寂寞而求音[2]。函绵邈于尺素[3]，吐滂沛乎寸心。言恢之而弥广[4]，思按之而逾深[5]。播芳蕤之馥馥[6]，发青条之森森[7]。粲风飞而猋竖[8]，郁云起乎翰林[9]。

【注释】

〔1〕伊：语首助词，无义。 兹：此。

〔2〕"课虚无"二句：借用道家之意，喻作家通过想象构思，即可产生有声有色之文章。《老子》四十章："天下万物生于有，有生于无。"《文子·自然》："寂寞者，音之主也。"（亦见《淮南子·齐俗训》）至于其造语，或受扬雄《解难》"画者画于无形，弦者放于无声"之影响。课、责，皆求取、求索之意。

〔3〕函:包含。 绵邈:久远。 素:白色生绢,古人用来书写。

〔4〕恢:恢张,扩大。

〔5〕按:抑。有寻求意。

〔6〕蕤(ruí 锐阳平):指草木之花。 馥馥:香气浓郁。

〔7〕森森:枝叶繁盛貌。

〔8〕粲:鲜明。 猋(biāo 标):自下而上的暴风。

〔9〕郁:美盛。 翰林:文章之林。此指文采众盛。 以上为第四段,形容为文之乐趣。第一至第四段描述构思作文的过程。

【译文】

这件事情的可喜可乐,本为圣人贤哲所向往。从虚空里责取实有,于无声处索求音响。事物辽远能包容于尺幅,情思滂沛乃倾吐自寸心。言辞越写越丰赡广博,思绪越想越精妙深沉。播散着花香多么浓郁,培育了绿枝其叶蓁蓁。灿烂啊如飙风飞动吹向高空,富盛啊如云彩升起在美丽的树林。

体有万殊[1],物无一量[2]。纷纭挥霍,形难为状[3]。辞程才以效伎,意司契而为匠[4]。在有无而僶俛[5],当浅深而不让[6]。虽离方而遁员,期穷形而尽相[7]。故夫夸目者尚奢,惬心者贵当。言穷者无隘[8],论达者唯旷[9]。诗缘情而绮靡[10],赋体物而浏亮[11]。碑披文以相质[12],诔缠绵而凄怆[13]。铭博约而温润[14],箴顿挫而清壮[15]。颂优游以彬蔚[16],论精微而朗畅。奏平彻以闲雅[17],说炜晔而谲诳[18]。虽区分之在兹,亦禁邪而制放。要辞达而理举,故无取乎冗长[19]。

【注释】

〔1〕体:指文章的体貌风格。

〔2〕物:《文选》李善注以为指外物。按:文章亦万物中之一物,凡物则各有其体貌。　一量:犹一致。　此句承上句,混言众物,而据上下文言之,仍重在言文章之多姿态。

〔3〕"纷纭"二句:曹植《七启》述舞蹈之精妙云:"蜿蝉挥霍。"又云:"才捷若神,形难为象。"挥霍,疾速貌。

〔4〕"辞程"二句:喻辞藻各当其用,而由意所统摄调遣。程,量度。伎,技艺、才能。契,契约。

〔5〕俛俛(mǐn miǎn 敏免):勉力,努力。《诗·邶风·谷风》:"何有何亡(无),黾勉求之。"俛勉即黾勉。《诗》意谓家中有也罢没有也罢,都尽心竭力以求之。此处喻作文时奋力而为,勉为其难。

〔6〕浅深:《诗·邶风·谷风》:"就其深矣,方之舟之;就其浅矣,泳之游之。"喻家中事务无论难易,皆奋力为之。此亦喻作文时勇于尝试。　不让:《论语·卫灵公》:"子曰:当仁不让于师。"

〔7〕"虽离方"二句:言作文虽不泥于一定之规矩,而总期于穷形尽相。员,通"圆"。

〔8〕言穷:言辞简约不铺排。　无:助词,无义。

〔9〕论达:说得畅达。　唯:助词,无义。

〔10〕缘情:由于情感;按照情感。系汉晋人常语。如《孟子·滕文公上》五章赵岐章旨:"圣人缘情,制礼奉终。"袁准《袁子正书》:"礼者何也?缘人情而为之节文者也。"潘岳《悼亡赋》:"吾闻丧礼之在妻,谓制重而哀轻;既履冰而知寒,吾今信其缘情。"徐广《答刘镇之问》:"缘情立礼。"诗缘情,意谓诗歌因情感激动而作。《文选》李善注:"诗以言志,故曰缘情。"　绮靡:美好。与汉以来常用之"猗靡"音近义同。

〔11〕体物:描摹事物。　浏亮:清明。

〔12〕碑:指碑文。有庙碑、宫殿碑、墓碑等区别。东汉以来,墓碑之作尤多。此处碑、诔连文,当指墓碑。　披:分散。　相:助。　此句言碑文叙事当质实,而散布文采以助之。

〔13〕诔(lěi 磊):文体名。一般用于人死后称述其事迹德行。　缠绵:固结不解。

〔14〕铭:文体名。刻于器物或者石上。或称扬德行功业,或表示警戒规弼。　博约:事博而文约。

〔15〕箴:文体名。用于讥刺得失,表示警戒。

〔16〕颂:文体名。用于歌颂功德。　优游:从容不迫。　彬蔚:华盛貌。

〔17〕奏：文体名。用于向君主陈述政事。　平彻：平正透彻。　闲雅：雍容文雅。

〔18〕说(shuì 税)：辩士之辞。　炜晔(wěi yè 伟业)：光彩强烈。谲诳(jué kuáng 决狂)：奇诡而有吸引力。

〔19〕以上为第五段，言文章体貌丰富多彩，或以作者趣味而异，或因文章体裁而别。

【译文】

　　文章此物，其体貌千差万别，形态都不一样。纷纷纭纭，瞬息万变，实难描摹它们的形相。辞藻各量其才而效其用，意思则掌握关键而犹同巧匠。有也罢没也罢都要努力，浅也好深也好决不退让。虽然是离开了规矩方圆，总期求能够穷形尽相。那喜欢大言、华言以耀人眼目的，便崇尚侈丽宏衍；那爱好切理餍心的，便看重严谨切当；言辞寡少的显得局促窘迫；滔滔不绝的使人觉得辽远旷荡。诗因情感而生，美好动人；赋乃描摹事物，清朗明亮；碑则散布文采，有助于表述事实；诔应悱恻缠绵，令人凄然悲怆；铭事博文约，温和而润泽；箴音韵顿挫，清朗又雄壮；颂安详从容而华美；论精深细密而鲜明通畅；奏平正透彻，雍容文雅；说光焰奕奕，奇诡夸张。虽有这种种区别，却都应禁止邪僻，抑制放荡。重要的是文辞达意事理毕陈，本不必写得烦多冗长。

　　其为物也多姿〔1〕，其为体也屡迁〔2〕。其会意也尚巧〔3〕，其遣言也贵妍。暨音声之迭代，若五色之相宣〔4〕。虽逝止之无常，固崎锜而难便〔5〕，苟达变而识次〔6〕，犹开流以纳泉。如失机而后会，恒操末以续颠〔7〕，谬玄黄之秩叙〔8〕，故淟涊而不鲜〔9〕。

【注释】

　　〔1〕物：指文章而言。《老子》二十一章："道之为物，唯恍唯忽。"《周易·系辞上》："夫茅之为物薄，而用可重也。"《礼记·中庸》："其

为物不贰。"句式皆与此同，可供参考。以下四句之"其"字均指文章。

〔2〕迁：变化。

〔3〕会：合。 意：指文中各个个别的、局部的意。

〔4〕"暨(jì 计)音声"二句：言诗文所用字的声音多样而富于变化，以求和谐悦耳。暨，至于。迭代，轮流替代。五色，青、赤、黄、白、黑，亦泛指诸种色彩。宣，明。

〔5〕"虽逝止"二句：承以上诸句，言文章体貌既丰富多彩，其会意、遣言、调整声音等亦变化无常，无一定之法，要写得好确实不易。逝止，去留，谓变化。崎锜(qǐ qí 起奇)，不安貌。便(pián 骈)，安适。

〔6〕识次：谓知晓意与辞之所宜处。次，舍止。亦可解为次序。

〔7〕末：尾。 颠：首。

〔8〕玄：黑中带赤之色，亦泛指黑色。 袟叙：即"秩序"。

〔9〕黕涊(tiǎn niǎn 舔捻)：秽浊。 以上为第六段，总说文章利病和为文之不易，提出会意尚巧、遣言贵妍、音声求变化和谐的审美标准。

【译文】

　　文章这件东西啊，多姿多态，它显示的体貌变化无常。它会合众意应该巧妙，它遣辞用语以妍美为上。还有音声的迭相替代，如五色之相得益彰。虽说是去留无定，确实是难于稳妥，但如果懂得变化、知晓部位，那就像开通渠道，让泉水流过。若是错失了机会，总是拿起尾巴去连接在头上，那就像搞乱了色彩的安排次序，所以就晦暗而不鲜亮。

　　或仰逼于先条，或俯侵于后章[1]。或辞害而理比，或言顺而义妨[2]。离之则双美，合之则两伤。考殿最于锱铢[3]，定去留于毫芒[4]，苟铨衡之所裁[5]，固应绳其必当[6]。

【注释】

〔1〕"或仰逼"二句：言上下文意之接续呼应有所不当。逼，侵迫。先条、后章，指上下文。

〔2〕"或辞害"二句：言或文辞不当而内容顺遂，或文辞可取而内容不合。辞、言，指文辞。理、义，泛指所写的事、事理等。比，从，顺。

〔3〕殿最：第一为最，极下为殿；上功曰最，下功曰殿。此指优劣。　锱铢(zī zhū 兹朱)：古代重量单位，其量极微。

〔4〕毫：毫毛。　芒：草之末端。

〔5〕铨衡：称量轻重之具。　裁：剪裁；裁决。

〔6〕绳：木工取直之具，即墨线。　以上为第七段，言文章或有前后相侵、辞义不称等病，须细心加以考虑裁断。

【译文】

有时下文侵迫上文，有时前章侵犯后章。有时文辞不当而内容合适，有时言语顺遂而意思有妨。彼此分开则两全其美，凑在一起则两败俱伤。考究优劣须细较锱铢，决定取舍应不忽毫芒。如果经过了权衡裁断，当然就合乎绳墨必然恰当。

或文繁理富，而意不指适〔1〕，极无两致〔2〕，尽不可益〔3〕。立片言而居要〔4〕，乃一篇之警策〔5〕。虽众辞之有条〔6〕，必待兹而效绩〔7〕。亮功多而累寡〔8〕，故取足而不易〔9〕。

【注释】

〔1〕指适(shì 是)：犹言归向、归趣。适，往；至。一说，适(dí 笛)，主也，犹言主旨。

〔2〕"极无"句：意谓该说的内容已经说到尽头，首尾已完具，不能再作结尾。极，极处；尽头。

〔3〕益：增加。此句与上句意近，亦言文章已到结束处，不能再有所添加。按：以上四句言文辞事理已颇繁富，而文之归趣、主旨仍不明朗；文章之势已到尽头，不能再加以申说。

〔4〕片言：简短的话语。陆机《谢平原内史表》："片言只字，不关其间。"　居要：处于重要位置。

〔5〕警策：语本曹植《应诏诗》："仆夫警策。"谓整饬驾具。策，

马鞭，泛指驭马之具。此处借以为喻，云文章待片言而有所趋向，不致泛滥无归，犹如马因驾具整饬而得以控制，不致流乱轨躅。按：所谓"一篇之警策"，乃统领全篇、点明主题之句，与后世所谓警句有所不同（参钱锺书《管锥编》第三册）。

〔6〕有条：言文辞众多。条，即上文"文垂条而结繁"之"条"。

〔7〕兹：此。指"片言"。 效绩：显示功绩。

〔8〕亮：诚然，确实。 累寡：犹言弊少。 按：此与上文"尽可益"呼应。其文原已意尽，不能再有所添加，但因主旨尚欠分明（"意不指适"），故增益此片言以明之，看似词费而实为必要，所谓利多弊少也。

〔9〕取足：谓取此片言则足，不取用则不足。意谓取决于此片言。 易：改易。 以上为第八段，言文章或有主旨不显之病，须添加片言以明之。

【译文】

有时文辞繁多，事理富博，却尚未能将归趣表达清晰。说到尽头了不能再说，文势已尽不可再作词费。于是安置片言于关键之处，乃用以指明一篇之主旨。虽然辞藻众多如枝繁叶茂，但必待这片言方显功绩。确是效用多而弊害少，所以取以足篇，而不再改易。

或藻思绮合〔1〕，清丽千眠〔2〕。炳若缛绣〔3〕，凄若繁弦〔4〕。必所拟之不殊〔5〕，乃暗合乎曩篇〔6〕，虽杼轴于予怀〔7〕，怵他人之我先〔8〕。苟伤廉而愆义〔9〕，亦虽爱而必捐〔10〕。

【注释】

〔1〕藻：富有文采，美丽。 绮合：如绮之合。绮，有纹饰的丝织品。

〔2〕千眠：即芊眠、芊绵，连绵词。光色盛貌。

〔3〕炳：光明。 缛：采饰繁盛。 绣：五色备具。或指刺绣。

〔4〕繁弦：旋律繁复多变之弦乐。蔡邕《琴赋》："繁弦既抑，雅韵复扬。"繁弦与平和中正之雅乐相对，以情性摇荡、流连哀思为美，故曰凄若繁弦。

〔5〕必：如果，假使。　拟：揣度，比划。此指构思作文。

〔6〕曩（nǎng 囊上）：往昔。

〔7〕杼轴：织具。此喻构思。

〔8〕怵（chù 触）：惧。

〔9〕伤廉：损害廉洁。《孟子·离娄下》："取伤廉。"　愆（qiān 签）义：违反道义。《左传》定公十年："于德为愆义。"愆，失。

〔10〕捐：丢弃。　以上为第九段，言所作虽佳，若与前人暗合，亦当毅然割爱，以避雷同。

【译文】

有时文思美丽精密，清丽鲜明。光耀如富丽的锦缎，哀婉似繁复的琴声。若所作与昔人无别，竟暗合于已有之篇卷，那么虽然是自出心裁，却仍担心他人已占我先。若是有剽窃因袭之嫌，则虽然舍不得也必须弃捐。

　　或苕发颖竖[1]，离众绝致[2]。形不可逐，响难为系[3]。块孤立而特峙[4]，非常音之所纬[5]。心牢落而无偶[6]，意徘徊而不能揥[7]。石韫玉而山晖，水怀珠而川媚[8]。彼榛楛之勿剪，亦蒙荣于集翠[9]。缀《下里》于《白雪》，吾亦济夫所伟[10]。

【注释】

〔1〕苕（tiáo 条）：芦苇的花。其状如禾穗，秀出于苇之顶端。　颖：禾穗。

〔2〕绝致：不可至。致，至。　以上两句言有时构思出超绝于常言的佳句。

〔3〕响：指回声。　系（xì 戏）：连在一起。《鹖冠子·泰录》："影则随形，响则应声。"此反用其意，喻文中其他语句不能与佳句相匹配。

按：傅毅《七激》："骥骤之乘……逾埃绝影，倏忽若飞。"刘广世《七兴》："骏驵之马……飙骇风逝，电发波腾，影不及形。"又《三国志·武帝纪》注引《魏书》："公所乘马名绝影。"均言马之骏奔，至形影离绝，想是汉末以来常用之夸张语。曹植《七启》"纵轻体以迅赴，景（即"影"）追形而不逮"，则用以形容舞者之轻捷。又《赠白马王彪》："年在桑榆间，影响不能追。"状年岁流逝之疾速。陆机造语当受其影响。

〔4〕块：孤独貌。

〔5〕纬：纬线。喻配合。

〔6〕牢落：空寂貌，乃连绵词。

〔7〕掤(dì 帝)：当是"摀"之误。摀（与掭音同），撮取。 此句言不能决然取此离众绝致之佳句写入文中（因他句不称）。 一本掤作"褫"。褫，夺。不能褫，言不能舍去此佳句，亦通。

〔8〕"石韫(yùn 运)"二句：言佳句在众辞中，虽无与之相称者，亦犹玉在石中，珠含水内，足使全篇生辉。韫，藏。《荀子·劝学》："玉在山而草木润，渊生珠而岸不枯。"

〔9〕"彼榛楛"二句：言杂木上有翠鸟停留，则蒙其荣而不被剪伐。喻平庸之句因佳句而得以保存。榛楛(zhēn hù 真户)，丛生之杂木。喻平庸之句。翠，翠鸟。

〔10〕"缀《下里》"二句：言常语缀于佳句，乃成就佳句之美。《下里》，即《下里巴人》，里俗歌谣。《白雪》，即《阳春白雪》，高雅之曲。均见宋玉《对楚王问》。济，成，成就。按：钱锺书《管锥编》第三册释以上四句云："前谓'庸音'端赖'嘉句'而得保存，后则谓'嘉句'亦不得无'庸音'为之烘托。……'济伟'者，俗语所谓'牡丹虽好，绿叶扶持'，'若非培蝼衬，争见太山高'。……盖争妍竞秀，络绎不绝，则目眩神疲，应接不暇，如鹏抟九万里而不得以六月息，有乖于心行一张一弛之道。陆机首悟斯理，而解人难索，代远言湮。"
以上为第十段，言既得佳语，虽他句不称，亦当保留。第七至第十段举出为文时常遇到的若干问题，并指出解决方法。

【译文】
　　有时妙句如茟花禾穗，出类而拔萃。又如形不能为影所追及，如声音与回响断了联系。它们茕茕独立，非寻常辞句所能匹配。作者思心茫茫而无所遇，去取之间徘徊而犹豫。石中藏玉使山峦辉耀，水中含珠使川流秀媚。那丛生的杂木无须剪伐，亦蒙受荣

光于翠鸟的来止。《下里巴人》附缀于《阳春白雪》，我也成就了
那高雅之美。

或托言于短韵^[1]，对穷迹而孤兴^[2]。俯寂寞而无
友，仰寥廓而莫承。譬偏弦之独张^[3]，含清唱而
靡应^[4]。

【注释】

〔1〕短韵：谓抒写某意，数言便止。
〔2〕穷迹：幽穷无人迹之处。
〔3〕偏弦：独弦。　张：琴瑟上弦。
〔4〕清唱：清音。　靡：无。　以上为第十一段，言才思寒俭，数语
便止，上下文均无所呼应。

【译文】

有的寄意于寥寥数语，如面对穷荒而孤独起兴。俯视则寂寞
而无朋友，仰观则寥落而无可承。譬如琴上只张着一根丝弦，含
着清音却没有呼应。

或寄辞于瘁音，言徒靡而弗华^[1]。混妍蚩而成
体^[2]，累良质而为瑕^[3]。象下管之偏疾^[4]，故虽应而
不和。

【注释】

〔1〕"或寄辞"二句：言用语有瑕病，篇辞虽美而失却光彩。瘁，
病。靡，美。华，光华。
〔2〕妍蚩：好坏。
〔3〕瑕：玉之斑点。喻缺点。
〔4〕象：如同。　下管：古代举行祭禴等典礼时，歌唱者在堂上，称

为升歌、登歌，管乐在堂下，称下管。二者间奏。 以上为第十二段，言篇中有瑕病，全篇受累而无光彩、不和谐。

【译文】

有的运辞有瑕病，言语徒然美丽却并无光泽。美丑好坏混为一体，优良的玉质被瑕疵蔽遮。就像堂下管乐过于急促，所以虽有呼应却并不谐和。

或遗理以存异，徒寻虚以逐微[1]。言寡情而鲜爱，辞浮漂而不归[2]。犹弦幺而徽急[3]，故虽和而不悲[4]。

【注释】

〔1〕"或遗理"二句：言不重内容之充实合理而好诡巧新异，离本逐末，徒然用力于虚浮不实、微末而无关系之处。

〔2〕"言寡情"二句：言无真实深挚之情感，故其文辞乃如水上浮物，轻飘而无所止泊。鲜，少。

〔3〕"犹弦幺"句：弦幺徽急则其声尖细。幺，细小。徽，系弦之绳。

〔4〕悲：古人好悲声，遂以悲形容乐声之动人。如《韩非子·十过》："清商故最悲乎?""音莫悲于清徵乎?"嵇康《琴赋》："赋其声音，则以悲哀为主；美其感化，则以垂涕为贵。" 以上为第十三段，言文章内容贫乏，缺少情感而苟求新诡，即使和谐，也不能动人。

【译文】

有的忽视内容追求新异，只管用力于虚浮微末之处。文中并无充实的情感，言辞便轻飘飘地没有归宿。好比细细的琴弦绷得太紧，因此即使和谐也难使人哀慕。

或奔放以谐合[1]，务嘈囋而妖冶[2]。徒悦目而偶俗[3]，固高声而曲下。寤《防露》与《桑间》[4]，又虽悲而不雅。

【注释】

〔1〕奔放：纵恣放荡。　谐合：指合乎时俗，即下文所谓"偶俗"。

〔2〕务：致力于。　嘈嘈(zá 杂)：喧闹。　妖冶：美丽。

〔3〕偶：合。

〔4〕寤：觉。　《防露》、《桑间》：皆俗曲名。　以上为第十四段，言文章卑俗，虽动人而不雅正。

【译文】

有的纵恣放荡合乎时尚，追求庸俗的艳丽，喧闹嘈杂。徒然取悦世俗的耳目，真是声调高昂而曲品低下。知道是《防露》与《桑间》之流，使人流连哀思却不典雅。

或清虚以婉约[1]，每除烦而去滥[2]。阙大羹之遗味，同朱弦之清泛[3]。虽一唱而三叹[4]，固既雅而不艳[5]。

【注释】

〔1〕清虚：清淡空明貌。　婉约：收敛貌。《国语·吴语》："（越王）婉约其辞。"成公绥《啸赋》："徐婉约而优游，纷繁骛而激扬。"

〔2〕烦：繁杂。　滥：虚饰多余。

〔3〕"阙大羹"二句：《礼记·乐记》："《清庙》之瑟，朱弦而疏越，一倡而三叹，有遗音者矣。大飨之礼，尚玄酒而俎腥鱼，大羹不和，有遗味者矣。"此借以为喻，言文章缺少大羹所弃之味（如大羹一样弃去五味），又如朱弦弹奏古乐。谓其风貌清淡古朴。阙，同"缺"。大(tài 太)羹，肉汁，祫祭所用，不调五味。遗味，弃味而不用。朱弦，红色弦，以煮熟之生丝为之，其声低沉。泛，弹奏琴瑟等弦乐曰泛。

〔4〕一唱而三叹：见前注引《乐记》。唱、倡通。郑玄注："倡，发歌句也。三叹，三人从叹之耳。"《淮南子·泰族训》："朱弦漏越，一唱

而三叹，可听而不可快也。"谓宗庙乐歌唱少而和寡，质朴简单，不求其动听。

　　〔5〕以上为第十五段，言文章清简质朴而不富丽。第十一至十五段论文病，并提出应、和、悲、雅、艳的审美标准。

【译文】

　　有的清淡而又收敛，每每除去烦芜杂溢。缺然如大羹之淡乎寡味，类同于《清庙》之瑟的低沉迟缓。虽说一人首唱有三人相和，却实在是典雅而不美艳。

　　若夫丰约之裁[1]，俯仰之形，因宜适变，曲有微情[2]。或言拙而喻巧[3]，或理朴而辞轻[4]。或袭故而弥新，或沿浊而更清[5]。或览之而必察，或研之而后精[6]。譬犹舞者赴节以投袂[7]，歌者应弦而遣声。是盖轮扁所不得言[8]，亦非华说之所能精[9]。

【注释】

　　〔1〕裁：体制，样式。
　　〔2〕曲：委曲细致。　微：精妙。
　　〔3〕喻：明，指文章所明之意。
　　〔4〕辞轻：指语言风格流易轻清。
　　〔5〕"或袭"二句：言用陈而出新，化铁以成金。
　　〔6〕"或览"二句：言文有浅显易知者，有深奥精深者。
　　〔7〕赴节：合乎音乐之节奏。　投：挥动。　袂(mèi 妹)：衣袖。
　　〔8〕轮扁：《庄子·天运》中人物，以制车轮为业，名扁。其言斫轮之事云，须不疾不徐，有巧妙的规律在内，但只能得之于手而应之于心，非言语所能表达。
　　〔9〕以上为第十六段，言写作中种种情况变化多端，申言序中"随手之变，良难以辞逮"之意。

【译文】

至于体式的丰腴简约，形态的下俯上仰，因其宜而适其变，有种种细致微妙的情况。有的言辞朴拙而意思巧善，有的语言轻利而事理平常。有的袭用故旧而更出新意，有的因循暗浊却化为清朗。有的一览之下必定明察，有的费尽钻研始得精详。譬如舞蹈者合着节拍挥动衣袖，歌唱者应着琴弦放开歌喉。这大约是轮扁所不能言传，也不是巧言丽辞所能细剖。

普辞条与文律[1]，良余膺之所服[2]。练世情之常尤[3]，识前修之所淑[4]。虽浚发于巧心[5]，或受蚩于拙目[6]。彼琼敷与玉藻[7]，若中原之有菽[8]。同橐籥之罔穷[9]，与天地乎并育。虽纷蔼于此世[10]，嗟不盈于予掬[11]。患挈瓶之屡空[12]，病昌言之难属[13]。故踸踔于短韵[14]，放庸音以足曲。恒遗恨以终篇，岂怀盈而自足[15]。惧蒙尘于叩缶[16]，顾取笑乎鸣玉[17]。

【注释】

〔1〕普：博；广。　辞条、文律：指作文之法式。
〔2〕膺：胸。
〔3〕练：谙练，熟悉。　尤：过失。
〔4〕前修：前贤。　淑：善。
〔5〕浚：深。
〔6〕蚩：讥笑。
〔7〕琼敷、玉藻：喻美丽的辞藻。敷，通"华"，花。藻，水草。
〔8〕中原：犹原中，即原野之中。　菽：豆叶，豆苗。《诗·小雅·小宛》："中原有菽，庶民采之。"郑笺："藿（意同菽）生原中，非有主也。"按：蔡洪《围棋赋》："任巧于无主，譬采菽乎中原。"陆机之意，亦云丽藻无主，唯高手得之。
〔9〕橐籥(tuó yuè 驼月)：冶铸之具，犹今之风箱，橐为外椟，籥为内管。王弼《老子注》则曰橐为排橐，籥为乐籥，即吹火囊与管乐器。

《老子》五章："天地之间，其犹橐籥乎？虚而不屈，动而愈出。"罔：无。

〔10〕纷蔼：繁多貌。

〔11〕掬：两手捧之曰掬。《诗·小雅·采绿》："终朝采绿，不盈一掬。"

〔12〕挈(qiè 切)：提。《左传》昭公七年："虽有挈瓶之知，守不假器，礼也。"挈瓶之知，汲水者之智，喻小智小慧。　屡空：《论语·先进》："回也其庶乎，屡空。"此借其语喻文思贫乏。

〔13〕昌言之难属(zhǔ 主)：谓古之佳文难以为继。一说指偶得佳句却难以续缀，亦通。昌言，美言。此指古之佳文。属，连缀，接续。

〔14〕踸踔(chěn chuō 碜戳)：跛行貌。此喻构思艰涩。　短韵：指篇幅短小。

〔15〕"恒遗恨"二句：钱锺书《管锥编》第三册："按作而不成，意难释而心不快，无足怪者；作而已成矣，却复怏怏未足，忽忽有失，则非深于文而严于责己者不能会也。"

〔16〕蒙尘：犹言蒙辱。　叩缶(fǒu 否)：秦人之俗乐。缶，一种瓦器。

〔17〕顾：但，只。　鸣玉：指敲击玉磬。　以上为第十七段，感慨于为文之不易。

【译文】
　　那许多遣辞作文的法式，确常存于我胸中不忘。谙熟世人的通病，了解前贤的优长。虽然出之于深思巧心，有时却被庸人讪谤。那琼玉似的美辞丽藻，就像原野上的豆苗任人去采。如风箱鼓风般无穷无尽，与高天厚地同生同在。虽然这世上纷纷蔼蔼到处都有，可叹我采的还不满一掬。苦恨如小瓶儿般腹内常空，抱憾美言佳作难以赓续。思路窘涩勉强写下几句，只能用平庸的声音凑足此曲。每成一篇总是带着遗憾，又岂能感受到心满意足？怕只怕像敲瓦罐儿似的徒自取辱，只让那击磬的高手笑个不住。

　　若夫应感之会[1]，通塞之纪[2]，来不可遏，去不可止[3]。藏若景灭[4]，行犹响起[5]。方天机之骏利[6]，夫何纷而不理。思风发于胸臆，言泉流于唇齿。纷葳蕤以馺遝[7]，唯毫素之所拟[8]。文徽徽以溢目[9]，音泠泠而盈耳[10]。及其六情底滞[11]，志往神留。兀若枯木[12]，豁若涸流[13]。揽营魂以探赜[14]，顿精爽于自求[15]。理翳翳而愈伏[16]，思乙乙其若抽[17]。是以或竭情而多悔，或率意而寡尤[18]。虽兹物之在我[19]，非余力之所戮[20]。故时抚空怀而自惋，吾未识夫开塞之所由[21]。

【注释】

〔1〕应感：谓感于物，与物相应。《礼记·乐记》："应感起物而动。" 会：会合，机会。

〔2〕通塞：指文思之通畅与阻塞。 纪：头绪。

〔3〕"来不"二句：《庄子·田子方》："吾以其来不可却也，其去不可止也。"

〔4〕景(yǐng影)：影之本字。枚乘《上书谏吴王》："就阴而止，景灭迹绝。"

〔5〕响：回声。班彪《王命论》："趣时如响起。"

〔6〕天机：自然而不关人力之运动，此指构思言。 骏利：迅速快利。

〔7〕葳蕤(wēi ruí 威蕊)、馺遝(sà tà 飒踏)：皆繁盛貌。

〔8〕毫素：皆书写用具。毫，笔。素，帛。

〔9〕徽徽：美，指文采美丽。

〔10〕泠泠：清，言音韵之清。《论语·泰伯》："师挚之始，《关雎》之乱，洋洋乎盈耳哉！"延笃《与李文德书》："夕则消摇内阶，咏诗南轩，百家众氏，投间而作，洋洋乎其盈耳也，焕烂兮其溢目也。"

〔11〕六情：指人喜、怒、哀、乐、爱、恶六种感情。 底：停滞。

〔12〕兀(wù 务)：无知貌。

〔13〕豁：开。

〔14〕揽：持。 营：魂。 赜(zé 责)：深。

〔15〕顿：振引。 精爽：精神。

〔16〕翳翳：晦暗貌。

〔17〕乙乙（yǐ yǐ 已已）：难出之貌。

〔18〕率意：任意。

〔19〕兹物：此物。指文章。

〔20〕戮（lù 路）：勉力，努力。

〔21〕以上为第十八段，描述文思开塞之情状。

【译文】

　　至于感物而与物合拍的那种机遇、文思通畅或堵塞的端绪，来时不可阻遏，去时也不可留止。藏伏似阴影顿失，行进如回声骤起。当神妙的思维迅速快利，有什么纷乱不能梳理？文思如疾风发自胸臆，言辞似清泉流于唇齿。纷纷然络绎不绝，一切都听命于手中的纸笔。文采美盛目不暇接，音韵清泠洋洋满耳。遇到情感呆滞之时，想要往前却精神阻留。呆呆地如枯干的树木，空空地似干涸的川流。把持住心魂往深处探寻，振作起精神向自己索求。要写的事理却愈加晦暗隐伏，思绪苦涩得像把丝来抽。因此有时用尽心思却遗憾多多，有时任意随心倒少有错谬。虽然作文此事乃在于我，但并非我自己勉力而能求。所以常抚着空洞的胸怀而怅恨，我实不知文思开塞是什么缘由。

　　伊兹文之为用，固众理之所因〔1〕。恢万里使无阂〔2〕，通亿载而为津〔3〕。俯贻则于来叶〔4〕，仰观象乎古人〔5〕。济文武于将坠〔6〕，宣风声于不泯〔7〕。涂无远而不弥〔8〕，理无微而不纶〔9〕。配沾润于云雨，象变化乎鬼神〔10〕，被金石而德广〔11〕，流管弦而日新〔12〕。

【注释】

〔1〕因：凭借，依托。

〔2〕恢：恢张，扩大。　阂：阻限。

〔3〕津：渡口。

〔4〕贻则：遗留法则。犹言垂范。　来叶：后世。

〔5〕象：法。《易·系辞下》："仰则观象于天。"

〔6〕文武：指周文王、武王之道。《论语·子张》："文武之道，未坠于地。"

〔7〕风声：教化。

〔8〕涂：道路。　弥：遍。

〔9〕纶：通"论"。《易·系辞上》："易与天地准，故能弥纶天地之道。"

〔10〕"配沾润"二句：用《周易》语，言文章作用之大，能沾润万物，并能效法天地之变化。《易·系辞上》："润之以风雨。"又云："天地变化，圣人效之。"又云："精气为物，游魂为变，是故知鬼神之情状与天地相似。"郑玄注："精气谓之神，游魂谓之鬼，……二物变化，其情与天地相似。"虞翻注："乾神似天，坤鬼似地。"故象鬼神之变化，即效法天地之变化。

〔11〕金石：指钟鼎碑碣等。

〔12〕日新：《易·系辞上》："日新之谓盛德。"又《礼记·大学》："汤之《盘铭》曰：苟日新，日日新，又日新。"此用其语，谓颂歌播于管弦，可使盛德常新。　以上为第十九段，盛赞文章之功用。

【译文】

　　说到这文章的功用，固然是诸种事理的凭仗。打开千里万里使其无所阻隔，接通万年亿年以它为渡航。向后则垂范于来世，朝前则观法于古人。挽起将要坠地的文武之道，宣扬教化使之永不消泯。路途无远而不能至，事理无细而不可论。滋润万物比得上云雨，效法变化就如同鬼神。镌于金石使盛德广被，播于管弦而与日俱新。

诗 品

［梁］锺 嵘 著

诗品序^{〔1〕}

序曰：气之动物，物之感人，故摇荡性情，形诸舞咏。欲以照烛三才^{〔2〕}，晖丽万有^{〔3〕}，灵祇待之以致飨，幽微藉之以昭告^{〔4〕}，动天地，感鬼神，莫近于诗^{〔5〕}。

【注释】

〔1〕以下文字，自"序曰气之动物"至"均之于谈笑耳"，为《诗品》全书之序。中品、下品之首，亦各有一序（据今所见《诗品》之最早版本元延祐七年刊《群书考索本》）。清何文焕编《历代诗话》，将三篇序合为一篇，置于全书之首。今仍从《群书考索》本（参曹旭《诗品研究》上编《诗品丛考》）。

〔2〕照烛：照耀。　三才：天、地、人。

〔3〕万有：万物。

〔4〕"灵祇"二句：意谓祭祀天地鬼神都离不开诗歌。古代祭祀时须演奏乐歌，故云。灵祇，指天地。祇（qí 其），地神。飨（xiǎng 享），祭祀。幽微，指鬼神。

〔5〕"动天地"三句：《毛诗大序》："故正得失，动天地，感鬼神，莫近于诗。"此用其语，而略去言诗歌政教作用的"正得失"一项。

【译文】

序曰：气感动万物，物感动人类，因此人的性情摇荡，而形之于舞蹈咏歌。想要用来照映"三才"，光耀万物，依凭之祭祀神灵，借助之明告幽冥；动天地，感鬼神；那是没有比诗歌更能达到目的的了。

昔《南风》之辞^{〔1〕}，《卿云》之颂^{〔2〕}，厥义夐矣^{〔3〕}。

夏歌曰："郁陶乎予心。"[4]楚谣曰："名余曰正则。"[5]虽诗体未全，然略是五言之滥觞也[6]。逮汉李陵，始著五言之目矣[7]。古诗眇邈[8]，人世难详。推其文体，固是炎汉之制[9]，非衰周之倡也[10]。自王、杨、枚、马之徒[11]，词赋竞爽[12]，而吟咏靡闻。从李都尉迄班婕妤[13]，将百年间，有妇人焉，一人而已[14]。诗人之风，顿已缺丧[15]。东京二百载中[16]，惟有班固《咏史》[17]，质木无文致[18]。降及建安[19]，曹公父子[20]，笃好斯文[21]。平原兄弟[22]，郁为文栋[23]。刘桢、王粲[24]，为其羽翼。次有攀龙托凤[25]，自致于属车者[26]，盖将百计。彬彬之盛[27]，大备于时矣。尔后陵迟衰微[28]，迄于有晋[29]。太康中[30]，三张、二陆、两潘、一左[31]，勃尔复兴，踵武前王[32]，风流未沫[33]，亦文章之中兴也。永嘉时[34]，贵黄老[35]，尚虚谈[36]。于时篇什[37]，理过其辞[38]，淡乎寡味[39]。爰及江表[40]，微波尚传。孙绰、许询、桓、庾诸公诗[41]，皆平典似《道德论》[42]。建安风力尽矣。先是郭景纯用隽上之才[43]，变创其体；刘越石仗清刚之气[44]，赞成厥美[45]。然彼众我寡，未能动俗。逮义熙中[46]，谢益寿斐然继作[47]。元嘉初[48]，有谢灵运，才高词盛，富艳难踪，固已含跨刘、郭，凌轹潘、左。故知陈思为建安之杰，公幹、仲宣为辅；陆机为太康之英，安仁、景阳为辅；谢客为元嘉之雄[49]，颜延年为辅[50]。斯皆五言之冠冕，文词之命世也[51]。

【注释】

〔1〕《南风》：传说舜作五弦琴，歌《南风》之诗。《礼记·乐记》言其事而不载歌辞，辞见《孔子家语·辨乐》。

〔2〕《卿云》：传说舜与群臣相和而歌《卿云》，见《尚书大传·虞夏传》。《卿云》及《南风》均非五言诗。卿云，亦称庆云、景云。《史记·天官书》描绘其状云："若烟非烟，若云非云，郁郁纷纷，萧索轮囷，是为卿云。"古人以为祥瑞。

〔3〕厥：其；那。 敻（xiòng）：远。 按：厥义敻矣，指歌《南风》、《卿云》之事已很遥远，不是说《南风》、《卿云》含义深远。此处"义"指"事情"而言，不必拘泥为"意义"之类。如《汉书·倪宽传》："其封泰山，禅梁父，昭姓考瑞，帝王之盛节也。然享荐之义，不著于经。"谓封禅祭祀的礼仪节文诸种事项不见于经书，而不是说享荐的意义不见于经书。又刘熙《释名·释典艺》："敷布其义谓之赋。"敷布其义，即铺陈其事。又杜预《春秋左传序》："分经之年与传之年相附，比其义类，各随而解之。"谓将《春秋经》与《左传》中同一年的纪事置于一处，且将关于同一事件的纪事相对应比附。"义类"亦指事件而言，非指事件的意义。又沈约《上宋书表》："吴隐、谢混、郗僧施，义止前朝，不宜滥入宋典。"谓吴隐等三人事迹止于晋朝，不宜载入《宋书》。又沈约《齐故安陆昭王（萧缅）碑文》："涉徐而东，义均梁徙。"谓萧氏迁徙于徐州部东海郡之兰陵县，其事与战国时刘氏自大梁迁徙于丰相类。又王融《永明九年策秀才文》："汉文缺三推之义。"谓汉文帝未行籍田之事。又骈文中常见事、义对举之句，尤可见"义"有时指"事情"而言。如萧衍《净业赋序》："有双白鱼跳入舻前，义等孟津，事符冥应。"谓举兵东下时，有白鱼入舟，其事与周武王伐纣时在孟津所遇者相同。

〔4〕郁陶：积聚而未畅之意，此指忧思愤结。相传夏太康失国，兄弟五人，止于洛汭。《伪古文尚书·五子之歌》云其时五子作歌，并载其歌词，歌分五章，有"郁陶乎予心"之句。

〔5〕楚谣：指《楚辞》。《楚辞·离骚》："名余曰正则兮，字余曰灵均。"原有"兮"字，锺嵘以"兮"字为语助，不计入句中，故以为是五言诗句。叶长青《诗品集释》引《文心雕龙·章句》："又诗人以兮字入于句限。《楚辞》用之，字出于句外。寻兮字成句，乃语助馀声。"按：楚歌体之"兮"字被认为是语助馀声而不计入句中，汉时已然。西汉之《郊祀歌》句中有"兮"字者，班固载入《汉书·礼乐志》时均予删去（参王先谦《汉书礼乐志补注》、逯钦立《汉诗别录·考源

第二》)。

〔6〕滥觞：起源，发端。

〔7〕"始著"句：指传为西汉李陵所作的五言诗，南朝时颇为流传，但当时已有人表示怀疑。今人多以为是东汉末作品。

〔8〕古诗：自西晋以来，将流传于世但不知作者名的若干五言诗统称为"古诗"。今传陆机有《拟古诗》十二首，即模拟其诗所作。萧统《文选》载《古诗十九首》。旧传为西汉作品，今人多以为是东汉末年之作。本书列古诗于"上品"。

〔9〕炎汉：指汉代。古以木、火、土、金、水五德终始之说释王朝更迭。东汉以来，以为汉属火德，故称"炎汉"。《尚书·洪范》："火曰炎上。"按：关于汉代王朝所据之德，两汉人所说不同。西汉文帝时，张苍以汉属水德，公孙臣、贾谊以为属土德(见《史记》、《汉书》之《张苍传》、《贾谊传》、《汉书·郊祀志》)。武帝太初元年改正朔，易服色，即取土德之说(见《汉书·武帝本纪》、《汉书·郊祀志赞》)。西汉末年，刘向、刘歆父子则以为汉属火德(见《汉书·律历志》、《郊祀志赞》)。至东汉光武帝建武二年，"始正火德，色尚赤"(《后汉书·光武本纪》)，从此才正式以汉为火德(顾颉刚《五德终始说下的政治和历史》、《汉代学术史略》论其事甚详)。钟嵘此处乃论西汉诗，但他既时在五百年后，当然据东汉以来火德之说为言。

〔10〕倡：通"唱"。

〔11〕王、杨、枚、马：王褒、杨雄(即扬雄)、枚乘、司马相如，皆西汉著名辞赋家。枚乘主要活动于汉景帝时，司马相如在景帝、武帝时，王褒在宣帝时，杨雄在成帝迄王莽时。此处以枚、马置王、杨后，非据其时代，盖以仄声字在后，取其声调和谐而已，犹如称司马迁、班固为班马，又如本书"下品"谢超宗等人条称陆机、颜延之为颜陆(参余嘉锡《世说新语笺疏》《排调篇》"诸葛令、王丞相共争族姓先后"条笺疏)。

〔12〕竞爽：《左传》昭公三年："二惠竞爽。"杜预注："竞，强也。爽，明也。"后用作争胜比美之意。任昉《王文宪集序》："虽张、曹争论于汉朝，荀、挚竞爽于晋世。"僧佑《出三藏记集》卷一四《鸠摩罗什传》："传法之宗，莫与竞爽。"

〔13〕李都尉：指李陵。陵曾为骑都尉。本书列于"上品"。　班婕妤(jié yú 结余)：汉成帝时婕妤。本书列于"上品"。婕妤，女官名。

〔14〕"有妇人"二句：《论语·泰伯》："孔子曰：才难，不其然乎？唐虞之际，于斯为盛，有妇人焉，九人而已。"何晏《集解》引孔安国

曰："言尧舜交会之间，比于周，周最盛，多贤才。然尚有一妇人，其馀九人而已。人才难得，岂不然乎！"锺嵘此处套用其句式，慨叹西汉五言诗著名作者之少。一人，即指李陵。

〔15〕"诗人"二句：意谓《诗经》时代，人们习于吟咏；以后吟咏之风突然消歇，经春秋战国以迄西汉均然。诗人，指《诗经》作者。顿，急遽，一下子。

〔16〕东京：指东汉。东汉定都洛阳，相对于西汉国都长安而称东京。

〔17〕班固：东汉史学家、文学家。本书列于"下品"。

〔18〕质木：质朴。

〔19〕建安：东汉献帝刘协年号（196—219）。

〔20〕曹公父子：指曹操及其子曹丕、曹植。本书列曹操于"下品"，曹丕于"中品"，曹植于"上品"。

〔21〕笃好：深爱。 斯文：《论语·子罕》："天之将丧斯文也，后死者不得与于斯文也；天之未丧斯文也，匡人其如予何！"斯，此，这。后遂以"斯文"指"文"。

〔22〕平原兄弟：指曹丕、曹植兄弟。曹植曾封为平原侯。

〔23〕郁：盛。此指文采盛多。

〔24〕刘桢、王粲：均为东汉末诗人。本书均列于"上品"。

〔25〕攀龙托凤：喻攀附有力者。扬雄《法言·渊骞》："攀龙鳞，附凤翼，巽以扬之，勃勃乎其不可及也。"

〔26〕"自致"句：喻以自己的创作追随其后。自致，自己达到。属车，帝王出行时的随从之车。

〔27〕彬彬：《论语·雍也》："文质彬彬，然后君子也。"何晏《集解》："包曰：彬彬，文质相半之貌。"后亦用以形容美盛之状。

〔28〕尔：此，这。 陵迟：逐渐衰落。

〔29〕有晋：晋朝。有，助词，用于名词前，无义。

〔30〕太康：晋武帝司马炎年号（280—289）。下举诸西晋诗人，活动、创作年代并不止于太康。锺嵘亦大概言之。

〔31〕三张：指张载、张协、张亢兄弟三人。 二陆：指陆机、陆云兄弟二人。 两潘：指潘岳、潘尼叔侄。 一左：指左思。 以上诸人皆西晋著名文学家。本书列陆机、潘岳、张协于"上品"，潘尼、陆云于"中品"，张载于"下品"，张亢未入品。

〔32〕"踵武"句：屈原《离骚》："忽奔走以先后兮，及前王之踵武。"此用其语，谓追随于建安诗人之后。踵，脚跟。武，脚迹。此用

为追随意。

〔33〕沫（mò 莫）：已，尽。

〔34〕永嘉：晋怀帝司马炽年号（307—312）。

〔35〕黄老：指道家学说。道家依托黄帝，以《老子》为经典，故称。

〔36〕虚谈：指谈论道家玄虚之理。道家贵虚无清静，故云。司马谈《论六家要旨》："（道家）其术以虚无为本。"西晋裴頠《崇有论》言魏晋风气云："而虚无之言，日以广衍，众家扇起，各列其说。上及造化，下被万事，莫不贵无，所存金同。"

〔37〕篇什：《诗经》中《雅》、《颂》多以十篇为一什，故后世以"篇什"代指诗歌。

〔38〕"理过"句：以"理"与"辞"对举，谓其诗在文辞表现方面甚为不足。理，泛指诗文中所言诸事，即内容。按：陆机《文赋》："理扶质以立干，文垂条而结繁。"又："理翳翳而愈伏，思轧轧其若抽。"皇甫谧《三都赋序》："是以孙卿、屈原之属……皆因文以寄其心，托理以全其制。"《文心雕龙·情采》："理定而后辞畅。"其"理"字皆泛指内容而言。此处亦然。

〔39〕"淡乎"句：《老子》三五章："道之出口，淡乎其无味。"永嘉诗歌多言老庄玄理，故锺嵘产生联想，借《老子》字面言其诗之平淡无味（参曹旭《诗品集注》）。

〔40〕爰：乃，于是。 江表：江南。此代指东晋。表，外。由中原视之，江南在长江以外。东晋定都建康（今南京），在江南。

〔41〕桓、庾：指桓温、庾亮，与孙绰、许询皆东晋诗人。孙、许二人，本书列于"下品"，桓、庾二人未入品。

〔42〕平典：平和典正。孙、许诸人诗情感平和，节奏平缓，又多用《老》、《庄》、《周易》等典故，故形成平典之风。 《道德论》：指魏晋玄学家所作谈论老庄玄理的文章。何晏、夏侯玄、阮籍均作有《道德论》。道德，指《老子》，又名《道德经》，共八十一章，分《道经》、《德经》两部分。

〔43〕郭景纯：西晋、东晋之际的文学家郭璞，字景纯。本书列于"中品"。

〔44〕刘越石：两晋之际的诗人刘琨，字越石。本书列于"中品"。

〔45〕赞：助。按：明许学夷《诗源辨体》卷五："但刘越石前与潘、陆同时，今谓永嘉而后景纯变创，越石赞成，则失考矣。"其说未谛。刘琨、郭璞大体同时，刘之生卒年略早于郭。锺嵘"变创"、"赞成"云

云，并非以年代早晚而论，而是说永嘉平淡诗风之变革，以郭璞贡献为最大，刘琨为其辅佐。

〔46〕逮：及，到了。 义熙：东晋安帝司马德宗年号（405—418）。

〔47〕谢益寿：东晋文学家谢混，字叔源，小字益寿。本书列于"中品"。 斐然：有文采的样子。

〔48〕元嘉：宋文帝刘义隆年号（424—453）。

〔49〕谢客：谢灵运。灵运小字客儿。本书列于"上品"。

〔50〕颜延年：颜延之字延年，南朝宋诗人。本书列于"中品"。

〔51〕命世：有名于世。命，名。

【译文】

从前的《南风》之歌、《卿云》之颂，那是很久远的了。夏代之歌说"郁陶乎予心"（"愁思莫展啊我的心"），楚人之谣云"名余曰正则"（"给我起名叫正则"），虽然还不是全篇为五言，然而大致是五言诗的源头了。到了汉代李陵，才有了五言诗的名目。"古诗"渺茫悠远，作者、时世难以详考，但推究其体裁，当然是汉代的制作，而不是周朝末年的歌唱。虽然王褒、杨雄、枚乘、司马相如等人以辞赋争胜，却不曾听到他们有吟咏诗歌的名声。从李陵到班婕妤，将近百年间的诗人，有妇女在内，此外却不过一人而已！《诗经》时代人们习于吟咏的风气，一下子已经丧失。东汉二百年中，有班固的《咏史》，质朴而无文采风致。下及建安时期，曹公父子，深爱文学；曹植兄弟，文采富盛成为栋梁。刘桢、王粲，则是他们的羽翼。其次有攀龙附凤、自力追随于其后的人，大约可以百计。文质彬彬的盛况，大备于其时了。此后逐渐衰落，以至于晋代。太康年间，三张（张载、张协、张亢）、二陆（陆机、陆云）、两潘（潘岳、潘尼）、一左（左思），又勃然兴起，追步前人；风雅文采，未曾消歇，也是文章的中兴啊。永嘉之时，尊崇黄老之学，喜好清虚的谈论。那时的诗篇，玄理盖过了辞采，平淡少味。直至东晋时期，馀波依然不止。孙绰、许询、桓（温）、庾（亮）诸公之诗，都平淡典奥得像《道德论》。建安风力消失已尽了。在此之前，郭璞曾以杰出的才华创造新的诗风，刘琨也凭仗其清新刚健的气质助成其美。然而彼众我寡，未能影响风气。到了义熙年间，谢混文采斐然，继之而起。元嘉前期，有谢灵运，才华高卓，词藻盛多，诗章富丽，难以追及，确已超越刘（琨）、郭（璞），压倒潘（岳）、左（思）。因此，可知曹植为建安时的俊杰，刘桢、王粲为辅佐；陆机为太康时的英髦，潘岳、张协为辅佐；谢灵运为元嘉时的雄才，颜延年为辅佐。他们都是五言诗人的代表，文词名高一世。

夫四言文约意广[1]，取效《风》《骚》[2]，便可多得。每苦文烦而意少[3]，故世罕习焉。五言居文词之要[4]，是众作之有滋味者也，故云会于流俗。岂不以指事造形[5]，穷情写物，最为详切者邪？故诗有六义焉，一曰兴，二曰比，三曰赋[6]。文已尽而意有馀，兴也[7]；因物喻志[8]，比也；直书其事，寓言写物[9]，赋也。弘斯三义，酌而用之，干之以风力，润之以丹彩，使咏之者无极，闻之者动心，是诗之至也。若专用比兴，则患在意深，意深则词踬[10]；若但用赋体，则患在意浮[11]，意浮则文散，嬉成流移[12]，文无止泊，有芜漫之累矣。

【注释】

〔1〕文约：四言诗每句仅四字，故曰"文约"。约，少。 意广：意思深广。按："意"，一作"易"，非是。（参邬国平《锺嵘诗品注释辨证》）

〔2〕《风》《骚》：《国风》《离骚》，代指《诗经》《楚辞》。此处实主要指《诗经》，《诗经》中作品大多为四言；《楚辞》中少数篇章以四言为主或四言句较多。（参邬国平《锺嵘诗品注释辨证》）

〔3〕文烦而意少：谓后人文采虽盛，但意思却不能如《诗经》、《楚辞》作者那样深广。烦，通"繁"。

〔4〕文词：文章。此泛指各种体裁的作品，包括诗歌，当时均泛称为文、文章。

〔5〕指事：谓直陈其事。《三国志·吴书·陆凯传》："表疏皆指事不饰。"又《文心雕龙·诏策》："魏武称作戒敕，当指事而语，勿得依违。"又《章表》："曹公称为表不必三让，又勿得浮华。所以魏初表章，指事造实；求其靡丽，则未足美矣。" 造形：陈说情形、情况。按：指事造形，犹言直陈事形。《老子》第一章"道可道，非常道；名可名，非常名"王弼注："可道之道，可名之名，指事造形，非其常也。故不可道、不可名也。"慧皎《高僧传·唱导论》："（唱导者）若为悠悠凡庶，则须指事造形，直谈闻见。"事、形犹事情、情形，不必将"形"字拘泥于指形象。如《世说新语·豪爽》："桓玄西下，入石头。外白司马梁王奔叛。玄时事形已济，在平乘上，箫鼓并作，直高咏曰：'箫管有遗音，梁王安在哉！'"又《隋书·刘昉传》："宇文忻见高颎，向之叩头求哀。昉勃然谓忻曰：'事形如此，何叩头之有！'"同书《魏澹传》澹引范晔语："《春秋》者，文既总略，好失事形。"

〔6〕六义：《毛诗大序》："故诗有六义焉，一曰风，二曰赋，三曰比，四曰兴，五曰雅，六曰颂。"按：六义，犹言六件事项。孔颖达《毛诗正义》："赋、比、兴是诗之所用，风、雅、颂是诗之成形。用彼三事，成此三事，是故同称为义。"即以"事"释"义"（参见上文"厥义夐矣"注）。又此处"六义"亦有作"三义"者，非。钟嵘先言六义，而下文仅举赋、比、兴，犹言其中有此三者。文势顺妥，不必改"六"为"三"。（参杨焄《诗品译注》）

〔7〕"文已尽"二句：《周礼·大师》郑玄注引郑司农曰："兴者，托事于物。"即寄托深意于具体的事物之中而不说出，意在言外，故钟嵘云"文已尽而意有馀"。

〔8〕喻：明，表明。 志：意。按：兴、比皆借助于物，但兴所欲表达之意深刻，且不说出，故其意难知；比即今之比喻，其意易晓。故《文心雕龙·比兴》云："比显而兴隐。"

〔9〕寓言：即"寄言"。寄，托也。寄言、寓言，寄托意旨于语言，亦即运用语言之意。《汉书叙传》称司马相如"寓言淫丽"，即言其运用文辞过于华丽。《文心雕龙·哀吊》："千载可伤，寓言以送。"本书《中品序》亦有"今所寓言，不录存者"之语。王巾《头陀寺碑文》："敢寓言于雕篆，庶仿佛于众妙。"（参张伯伟《钟嵘诗品研究》第六章《"兴"义发微》及所引日本高木正一《钟嵘诗品》）

〔10〕意深：意思深隐不直白，与今言"深刻"有异。与下文"意浮"均指表现方式而言，非指意思本身之深浅。 词踬：谓文辞费解，给人以不畅达之感。踬，跌倒。按：比虽较兴为明白，但与赋之"直书

其事"相比，则赋更为直露。

〔11〕意浮：意思浮在表面，谓一览即知。

〔12〕嬉：游。此谓游走不定。

【译文】

　　四言诗文字简约而意思深广。只需取法于《诗经》《楚辞》，便可多有收获。但（后世作者）每每苦于文采繁多而意思贫乏，因此世人少有学习这种体裁的。五言诗居于文章的中心地位，是各种作品中富有滋味的，因此说它符合于世俗的需要。那岂不是因为它指说事情、抒发情感、描写物象，最为详尽切当吗？《诗经》有六种义例。一叫做兴，二叫做比，三叫做赋。文辞已尽而意思有馀，是兴；借着物来表明心中所想，是比；直接书写其事，运用言辞叙写事物，是赋。推衍这三者，参酌使用它们，以风力为骨干，以藻彩为润饰，使得吟咏的人流连不已，听到的人怦然心动，这是诗的最妙处啊。如果专用比和兴，可虑者在于意思深奥，意思深奥则文辞不畅达；如果只用赋的写法，可虑者在于意思太直露，意思太直露则文辞容易松散而游走不定，作文不知止而无所归宿，便有芜杂散漫之弊了。

　　若乃春风春鸟，秋月秋蝉，夏云暑雨，冬月祁寒〔1〕，斯四候之感诸诗者也。嘉会寄诗以亲〔2〕，离群托诗以怨。至于楚臣去境，汉妾辞宫；或骨横朔野，或魂逐飞蓬；或负戈外戍，杀气雄边；塞客衣单，孀闺泪尽〔3〕；又士有解佩出朝〔4〕，一去忘返；女有扬蛾入宠〔5〕，再盼倾国〔6〕：凡斯种种，感荡心灵，非陈诗何以展其义〔7〕？非长歌何以释其情？故曰："《诗》可以群，可以怨〔8〕。"使穷贱易安，幽居靡闷，莫尚于诗矣。故词人作者，罔不爱好。

【注释】

〔1〕祁寒：严寒。

〔2〕寄：托，凭借。

〔3〕媚闺：指独守空闺之妇人，即寡妇。不论无夫还是有夫而独守，古代均称寡妇。（参邬国平《钟嵘诗品注释辨证》）

〔4〕解佩：解下佩带的印绶（官印上的带子），指辞官或免职。

〔5〕蛾：指女子的眉毛。女子画眉细长弯曲，如蚕蛾触须，故称蛾眉。

〔6〕再盼倾国：李延年《李夫人歌》："北方有佳人，绝世而独立。一顾倾人城，再顾倾人国。宁不知倾城与倾国？佳人难再得！"盼，顾盼，看视。

〔7〕陈诗：此指赋诗。

〔8〕"《诗》可以"二句：《论语·阳货》："子曰：小子何莫学夫《诗》？《诗》可以兴，可以观，可以群，可以怨。"

【译文】

至于春风春鸟，秋月秋蝉，夏日的云雨，冬月的严寒，这是四时节候感而成诗的景象。美好的聚会，借诗以表示亲密；离群索居，用诗来寄托哀怨。至如楚国的逐臣离开了京国，汉朝的妃妾告别了宫闱；或是尸骨横弃于北国原野，或是魂魄追随着飞走的枯蓬；或是荷戈远戍，杀气郁结，称雄于边境；塞上客子穿着薄薄的单衣，闺中寡妇泪珠儿已经流尽；又有士人解下印绶，离开朝廷，一去便忘记了归来；有女儿得意扬眉，入宫受宠，美目顾盼，叫帝王抛却了邦家：凡此种种，感激动荡着心灵，不做诗怎能表现其事？不长歌怎能宣释其情？因此说："《诗》可以用来合群，可以用来诉怨。"让人困穷卑贱时易于安心、离群独处时不生烦闷，没有比诗更好的了。因此文人作家，没有不爱好的。

今之士俗，斯风炽矣。才能胜衣，甫就小学〔1〕，必甘心而驰骛焉。于是庸音杂体，各各为容。至于膏腴子弟〔2〕，耻文不逮，终朝点缀〔3〕，分夜呻吟〔4〕。独观谓为警策^[5]，众睹终沦平钝。次有轻薄之徒，笑曹、刘为古拙，谓鲍照羲皇上人^[6]，谢朓今古独步^[7]。而师鲍照，终不及"日中市朝满"^[8]；学谢朓，劣得"黄鸟度青枝"^[9]。徒自弃于高听，无涉于文流矣。

【注释】

〔1〕甫：始，才。　小学：《汉书·食货志》："八岁入小学，学六甲、五方、书、计之事，始知室家长幼之节。十五入大学，学先圣礼乐而知朝廷君臣之礼。"此借指年幼初入学时。

〔2〕膏腴子弟：富贵人家的子弟。膏腴，谓食物肥美。

〔3〕终朝：早晨。自日始出至朝食为终朝。　点缀：指执笔作文。《文选》一三祢衡《鹦鹉赋》序："衡因为赋，笔不停缀，文不加点。"点，涂去。缀，连缀文字。

〔4〕分夜：半夜。　呻吟：诵读。《庄子·列御寇》："郑人缓也，呻吟裘氏之地，祗三年而缓为儒。"郭象注："呻吟，吟咏之谓。"按：郭注"吟咏"泛指诵读，钟嵘此处指吟咏诗歌。

〔5〕警策：整饬驾具。此喻诗文超出常流。陆机《文赋》："立片言而居要，乃一篇之警策。"

〔6〕鲍照：南朝宋诗人，本书列于"中品"。　羲皇上人：上古帝王伏羲氏以上的人物。喻地位崇高。

〔7〕谢朓：南朝齐诗人，本书列于"中品"。　独步：独自行走，喻独一无二，无人比并。《慎子》外篇："先生天下之独步也。"《文选》卷四二曹植《与杨德祖书》："昔仲宣独步于汉南。"李善注引仲长统《昌言》："高立独步。"

〔8〕"日中"句：鲍照《结客少年场行》："日中市朝满，车马若川流。"李善注引《周易》云："日中为市，致天下之人，聚天下之货。"

〔9〕劣：仅。　"黄鸟"句：见虞炎《玉阶怨》。

【译文】

如今的士人俗世，做诗的风气是很盛的了。才能穿上衣衫，刚进小学识字读书，就必定热心向往而奔走于这条道上。于是平庸的音响、杂乱的体貌，都各自修饰打扮。至于富贵人家的子弟，

以做诗不如别人为耻。整个早晨都拿着笔书写涂抹，夜半时分仍
然吟咏不止。自我欣赏以为妙语惊人，众人一看则终落平庸。还
有些轻薄之徒，讪笑曹植、刘桢古朴拙劣，说鲍照是伏羲以上的
人物，谢朓古今独一无二。而他们师法鲍照，始终不及"日中市
朝满"之作；学习谢朓，也仅得"黄鸟度青枝"之句。白白自弃
于鉴赏力高卓的人士，进不了文士诗人的行列。

　　嵘观王公缙绅之士[1]，每博论之馀，何尝不以诗为
口实[2]。随其嗜欲，商榷不同[3]。淄渑并泛[4]，朱紫
相夺[5]，喧议竞起，准的无依[6]。近彭城刘士章[7]，
俊赏之士[8]，疾其淆乱，欲为当世诗品，口陈标榜[9]，
其文未遂。嵘感而作焉。昔九品论人[10]，《七略》裁
士[11]，校以宾实[12]，诚多未值[13]。至若诗之为技，较
尔可知[14]。以类推之，殆均博弈[15]。方今皇帝[16]，资
生知之上才[17]，体沉郁之幽思[18]；文丽日月，学究天
人[19]。昔在贵游[20]，已为称首[21]。况八纮既奄[22]，
风靡云蒸[23]。抱玉者联肩，握珠者踵武[24]。固已暗汉
魏而不顾，吞晋宋于胸中[25]。谅非农歌辕议[26]，敢致
流别。嵘之今录，庶周旋于闾里[27]，均之于谈笑耳。

【注释】

　　〔1〕缙绅：士大夫。缙，插。绅，大带。插笏板于腰带，乃官者装
束，因借指官宦之人。

　　〔2〕口实：口中之物，引申为谈资、话题。

　　〔3〕商榷：商讨。

　　〔4〕"淄渑（zī shéng 资绳）"句：不同味道的水合流相混，则其味不
复能相区别。此喻识见低下，不能分辨诗歌之差异。淄、渑，二水名，
均在今山东省，旧传二水味异。并泛，并流，合流。

〔5〕"朱紫"句:喻不能辨别诗之高下,不能掌握正确的评判标准。《论语·阳货》:"子曰:'恶紫之夺朱也,恶郑声之乱雅乐也。'"何晏《集解》引孔安国曰:"朱,正色;紫,间色之好者。恶其邪好而夺正色。"

〔6〕准的:标准。

〔7〕刘士章:南朝齐文学家刘绘,字士章。本书列于"下品"。

〔8〕俊赏:鉴赏能力高卓。

〔9〕标榜:标明,显扬。常用于人物品评。如《后汉书·党锢传序》:"海内希风之流遂共相标榜,指天下名士,为之称号。"《世说新语·品藻》:"王夷甫以王东海比乐令,故王中郎作碑云:'当时标榜,为乐广之俪。'"

〔10〕九品论人:班固《汉书·古今人表》将人物分为上、中、下三等,每等又分上、中、下,共九等。其法实受汉代人物评论的影响。如《史记·李将军列传》已云:"(李)蔡为人在中下。"魏晋以来,又立九品中正制以择用人才(参张伯伟《钟嵘诗品研究》第五章之一《品第高下》)。

〔11〕《七略》:西汉刘向、刘歆父子等校理群书,刘歆奏上《七略》,为《辑略》《六艺略》《诸子略》《诗赋略》《兵书略》《数术略》《方技略》。实为我国最早的图书总目。其书今佚。 裁士:《七略》本非品评人物之专著;钟嵘之意,盖谓其人其书被著录于《七略》者,便有才士之目,犹如《中品序》所谓"预此宗流者,便称才子"。

〔12〕宾实:名实。《庄子·逍遥游》:"名者,实之宾也。"

〔13〕诚:确实。 值:当。

〔14〕较尔:显然,明白地。尔,形容词语尾。

〔15〕殆:大约,近乎。 博弈:均古代棋戏。博,掷彩而后行棋。弈,即围棋。钟嵘以为诗之优劣显然可知,犹如棋手之高下那样容易判别。南朝人好弈棋,且多有《棋品》一类著作,故钟嵘取以为喻。

〔16〕方今皇帝:指梁武帝萧衍。

〔17〕资:禀有。 生知:生而知之。《论语·季氏》:"生而知之者,上也;学而知之者,次也;困而学之,又其次也。"

〔18〕体:亦"赋有"之意。王逸《离骚序》:"今若屈原,膺忠贞之质,体清洁之性。"陈琳《答东阿王笺》:"君侯体高世之才,秉青萍、干将之器。"谢混《戒族子诗》:"宣明(谢晦)体远识,颖达且沉隽。"沈约《齐故安陆昭王碑》:"公含辰象之秀德,体河岳之上灵。"皆其例。 沉郁:深沉厚盛。刘歆《与扬雄书从取〈方言〉》:"非子云淡雅之才,沉郁之思,不能经年锐积,以成此书。"

〔19〕"学究"句:司马迁《报任安书》:"亦欲以究天人之际,通古

今之变，成一家之言。"

〔20〕贵游：泛指王公贵族。此指萧衍称帝前与南齐诸显贵交往之时。

〔21〕称首：被举为第一。《汉书·司马相如传》载《封禅文》："前圣之所以永保鸿名而常为称首者，用此。"王先谦《补注》："称，举也。常为后人称举之首。"《文心雕龙·才略》："然而魏时话言，必以元封为称首；宋来美谈，亦以建安为口实。"

〔22〕八纮（hóng 宏）：八方极远之处。 奄：同。《诗·大雅·执竞》"奄有四方"毛《传》："奄，同也。"

〔23〕风靡：随风倒伏。喻顺从、倾慕。 蒸：升腾。

〔24〕"抱玉"二句：喻才能之士众多。曹植《与杨德祖书》："人人自谓握灵蛇之珠，家家自谓抱荆山之玉。"踵武，继迹。

〔25〕"吞晋"句：喻包容、超越晋、宋。司马相如《子虚赋》："吞若云梦者八九于其胸中。"

〔26〕谅：确实。 农歌辕议：农人之歌唱、车夫之议论。乃锺嵘自谦语。

〔27〕庶：希望。 闾里：里巷间。

【译文】

我看王公贵族、仕宦之人，每于高谈阔论之馀，何尝不把诗歌作为谈资。他们各随自己的好尚，商讨意见很不相同。犹如淄、渑二水并流，朱、紫之色相乱。喧哗议论纷争而起，没有个可依据的标准。近日彭城刘士章，是鉴赏力出众的人。他不满于那些议论的混淆纷乱，打算写一部当代的诗歌品评。口头上已经陈说，其书则未曾写成。我乃有感而作。前人以九品品评人物，著《七略》裁判人士，校核其名实，确多有不当之处。至于诗歌作为一种技艺，其高下是明明白白，可以知道的。以类推求，大约与博戏、弈棋仿佛。当今皇帝，禀赋生而知之的高才，秉有深沉富厚的思理；文章明丽如日月经天，学问能穷究天道与人事。过去与那些显贵交游，已被举为首擘；何况八方既已一统，风行草偃，云蒸霞蔚，怀抱良玉的比肩，手握灵珠的继踵，确实已是俯视汉魏而不屑一顾，吞并晋宋于胸怀之中了。当然不是农人车夫，敢加以区分品评的。我现在写下的东西，只不过希望在里巷间传阅，等同于谈笑罢了。

诗品上

古 诗[1]

其体源出于《国风》[2]。陆机所拟十四首[3]，文温以丽，意悲而远[4]，惊心动魄，可谓几乎一字千金[5]。其外"去者日以疏"四十五首，虽多哀怨，颇为总杂[6]，旧疑是建安中曹、王所制[7]。"客从远方来"、"橘柚垂华实"，亦为惊绝矣[8]。人代冥灭，而清音独远，悲夫！

【注释】

〔1〕古诗：见《诗品序》"古诗眇邈"注。

〔2〕体：体貌，即作品的总体风貌。 《国风》：《诗经》中《周南》《召南》《邶》《鄘》《卫》等十五国风的总称，为周代地方乐歌之总汇。

〔3〕十四首：一作"十二首"。《文选》所载陆机《拟古》仅十二首。

〔4〕远：此谓意旨超脱，使人心宽，不为哀情所累。按：颜延年《庭诰》言及消忧解烦之法，云："故欲蠲忧患，莫若怀古。怀古之志，当自同古人。见通则忧浅，意远则怨浮。""意远"即旷达宽心之意。《古诗》中"弃捐勿复道，努力加餐饭"、"极宴娱心意，戚戚何所迫"、"荡涤放情志，何为自结束"等，皆自我宽慰语。故清刘熙载《艺概·诗概》云："《古诗十九首》与苏、李诗同一悲慨，然古诗兼有豪放旷达之意。"

〔5〕一字千金：《史记·吕不韦列传》载：秦相吕不韦令门客著《吕

氏春秋》，"布咸阳市门，悬千金其上，延诸侯游士宾客，有能增损一字者，予千金"。

〔6〕"虽多"二句：谓陆机所拟之外的四十五首（今大多亡佚），虽然都颇有哀怨之辞，是其共同之处，但其体制风貌，却并不单纯。总杂，驳杂，不纯一。

〔7〕曹、王：指曹植、王粲。

〔8〕惊绝：使人惊异之极（参王发国《诗品考索》）。

【译文】

其体貌源出于《国风》。其中陆机所模拟过的那十四首，文辞温润而美丽，意旨悲伤而旷达，使人心魂动荡，可以说几乎是一字值千金！此外"去者日以疏"等四十五首，虽然多有哀怨之辞，但颇为驳杂不一，旧时被怀疑是建安年间曹植、王粲所作。其中"客从远方来"、"橘柚垂华实"二首，也是令人惊叹不已的了！作者、时世湮没不彰，而清美的音响却传送得特别久远，可悲啊！

汉都尉李陵诗[1]

其源出于《楚辞》。文多凄怆，怨者之流。陵，名家子[2]，有殊才[3]。生命不谐[4]，声颓身丧[5]。使陵不遭辛苦[6]，其文亦何能至此！

【注释】

〔1〕李陵(？—前74)：字少卿，陇西成纪(今甘肃通渭东北)人。名将李广之孙。武帝时为骑都尉。后率军击匈奴，兵败被俘。在匈奴中二十馀年，病卒。传为李陵所作的五言诗南朝时流布甚广，但当时即有人表示怀疑。

〔2〕名家子：李陵先人李信，为秦时大将，祖父李广、叔父李敢，皆汉代名将。

〔3〕殊才：过人的才能。李陵作战勇敢，据《汉书·李陵传》载，武帝以为陵有李广之风；司马迁亦盛称其为人。

〔4〕生命：指命运。命运与生俱来，故云。 不谐：犹言不耦，言遭遇不顺。《广雅·释诂》："谐，耦也。"

〔5〕声颓：名声毁坏。李陵被俘，武帝震怒，杀其全家。"自是之后，李氏名败，而陇西之士居门下者，皆用为耻焉。"(见《史记·李将军列传》)又，李陵在匈奴与苏武别，起舞悲歌，有"士众灭兮名已颓，老母已死，虽欲报恩将安归"之语(见《汉书·苏武传》)。

〔6〕使：若，如果。

【译文】

其诗源出于《楚辞》。文辞多凄凉悲怆，属于心怀怨苦的那一类。李陵是名家子弟，有过人的才干，但运命不好，声名败坏了，人也沦没于异域。如若李陵不遭遇痛苦，他的诗又怎能取得这样的成就？

汉婕妤班姬诗[1]

其源出于李陵。《团扇》短章[2]，辞旨清捷，怨深文绮，得匹妇之致。侏儒一节[3]，可以知其工矣。

【注释】

〔1〕婕妤班姬：即班婕妤(生卒年不详)，名不详。楼烦(今山西宁武附近)人。班固祖姑。西汉成帝时选入宫。初颇受宠幸，为婕妤。后为赵飞燕所谮，乃求退居长信宫供养太后。

〔2〕《团扇》：又名《怨歌行》、《怨诗》。其诗以团扇秋节被弃置，喻女子宠衰而遭遗弃。相传为班婕妤所作，但南朝时亦有人表示怀疑。

〔3〕侏儒：身材奇短之人。桓谭《新论》引谚曰："侏儒见一节，而长短可知。"此喻由局部可知其整体。

【译文】

其诗源出于李陵。《团扇》短篇，诗意表现得清朗疏快，怨恨深沉，文辞美丽，传达出一个妇女的情态。见此一首，便可以知道她的工于为诗了。

魏陈思王植诗[1]

　　其源出于《国风》。骨气奇高[2]，词采华茂。情兼雅怨[3]，体被文质[4]。粲溢今古，卓尔不群[5]。嗟乎！陈思之于文章也，譬人伦之有周、孔[6]，鳞羽之有龙凤，音乐之有琴笙，女工之有黼黻[7]。俾尔怀铅吮墨者[8]，抱篇章而景慕[9]，映馀晖以自烛。故孔氏之门如用诗，则公幹升堂，思王入室，景阳、潘、陆，自可坐于廊庑之间矣[10]。

【注释】

　　〔1〕陈思王植：即曹植（192—232），字子建，沛国谯（今安徽亳县）人。曹操卞夫人所生第三子。封陈王，谥思，世称陈思王。少时以才学为曹操所宠爱，曾欲立为太子。后因任性犯禁，而其兄曹丕则矫情自饰，遂以曹丕为嗣。曹丕称帝后，对他多方排挤，徙封贬爵。丕子睿继立，仍对他猜忌防范。遂抑郁而终。

　　〔2〕骨气：意同风骨、气骨，意谓作品挺拔端直而富于生气。原为评论人物用语，后用于评论书画诗文。

　　〔3〕"情兼"句：意谓其诗出于《国风》，又兼有《小雅》怨而不怒的风格。按：班固《离骚序》引刘安《离骚传》："《国风》好色而不淫，《小雅》怨诽而不乱，若《离骚》者，可谓兼之。"锺嵘认为曹植诗虽抒发受压抑的怨苦，但表现得温厚和平，仍充满眷恋君上之情。

　　〔4〕"体被"句：谓曹植诗既有文采，又不过分，文质彬彬，恰到好处。沈约《宋书·谢灵运传论》："二祖（指曹操、曹丕）、陈王，咸蓄盛

藻。甫乃以情纬文,以文被质。"

〔5〕卓尔不群:卓越超群。《汉书·景十三王传赞》:"夫惟大雅,卓尔不群。"

〔6〕人伦:人类。 周孔:周公、孔子。

〔7〕黼黻(fǔ fú 辅浮):古代礼服上所绣的花纹。

〔8〕怀铅吮(shǔn 舜上)墨者:指文士。铅、墨,均书写工具。吮墨,犹言含毫,即以口含笔。

〔9〕景慕:景仰羡慕。

〔10〕"故孔氏"五句:《论语·先进》:"子曰:由也升堂矣,未入于室也。"扬雄《法言·吾子》:"如孔氏之门用赋也,则贾谊升堂,相如入室矣。"后人即仿其句式以论人物之高下。如《高僧传·宋寿春石涧寺释僧导传》:"时有沙门僧因,亦当世名匠,与导相次。或问因云:'法师与导公孰愈?'答云:'吾与僧导同师什公,准之孔门,则导公入室,吾可升堂。'"廊庑(wǔ 武),堂下的廊屋。

【译文】

其诗源出于《国风》。骨气奇拔高妙,辞采华丽富盛。情感兼具《小雅》之怨,风貌则有文质之美。光彩四溢,照耀今古;卓然特立,超迈常流。唉!陈思王之于创作,好比人群中有周孔,鸟兽中有龙凤,音乐中有琴笙,女工中有黼黻。使你们执笔之士,怀抱其篇章而仰慕,辉映其馀光以自照。因此,如果孔子门中用诗的话,那么刘桢可以升堂,陈思王可以入室,张协、潘岳、陆机自然可以坐在堂下廊屋之间了。

魏文学刘桢诗^[1]

　　其源出于《古诗》。仗气爱奇，动多振绝^[2]。贞骨凌霜^[3]，高风跨俗。但气过其文^[4]，雕润恨少^[5]。然自陈思已下，桢称独步。

【注释】

　　〔1〕刘桢（？—217）：字公幹，东平宁阳（今属山东）人。建安七子之一。曾为曹操丞相掾属、平原侯（曹植）庶子、五官中郎将（曹丕）文学。按：《三国志·魏志·王粲传》及《后汉书·文苑·刘梁传》载刘桢事迹，均不言刘桢为文学（《后汉书》李贤注引《魏志》，云桢"为司空军谋祭酒、五官郎将文学"，今本《三国志·魏志》无此语，恐不足据）。而《三国志·王粲传》注引鱼豢（魏人）《典略》云："其后太子尝请诸文学，酒酣坐欢，命夫人甄氏出拜，坐中众人咸伏，而桢独平视。"（《世说新语·言语》注引《典略》，文字小异，云："建安十六年，世子（曹丕）为五官中郎将，妙选文学，使桢随侍太子。酒酣坐欢，乃使夫人甄氏出拜，坐上客多伏，而桢独平视。"）似以为刘桢曾为曹丕文学。《水经注》"谷水"引《文士传》则明言刘桢曾为曹丕文学："文帝之在东宫也，宴诸文学，酒酣，命甄后拜坐，坐者咸伏，唯刘桢平仰观之。太祖以为不敬，送徒隶簿。……复为文学。"南朝人多以为刘桢曾为文学。除锺嵘外，江淹《杂体》三十首亦云"刘文学桢"。又《隋书·经籍志》经部《毛诗义问》云"魏太子文学刘桢撰"，集部亦有《魏太子文学刘桢集》。又，三国魏始于220年曹丕受禅，刘桢卒年犹在东汉之末。但其时曹操挟天子以令诸侯，于建安十八年封魏公，建魏国，二十一年（216）又进爵为魏王。故陈寿《三国志》为曹操、曹丕官属王

粲、刘桢等人立传，均列入《魏志》。嗣后相沿，都将他们称为魏人。

〔2〕动：动辄。　振绝：即震绝，意近于"惊绝"，使人惊异之极（参王发国《诗品考索》）。

〔3〕贞骨：正骨。以骨之端直喻诗歌风格之挺拔。

〔4〕气过其文：言刘桢诗有力度，但文采不足。气，气力。喻思想感情表达得活跃生动，富有力度。

〔5〕恨：遗憾。

【译文】

　　其诗源出于《古诗》。凭仗气力，爱好奇崛，动辄使人惊异不止。其骨端直，凌驾秋霜；其风高迈，跨越流俗。只是气力胜过了文采，雕绘润饰可惜嫌少。然而自陈思王以下，刘桢可称独步。

魏侍中王粲诗[1]

其源出于李陵。发愀怆之词，文秀而质羸[2]。在曹、刘间别构一体。方陈思不足，比魏文有馀。

【注释】

〔1〕王粲(177—217)：字仲宣，山阳高平(今山东邹县西南)人。少有才名，为蔡邕所赏识。汉末长安动乱，乃南依荆州牧刘表。不得志。刘表卒，劝表子刘琮降曹操。为丞相掾。建安十八年(213)，曹操封魏公，加九锡，以冀州之河东等十郡为魏国，拜王粲为侍中。随军征吴，病卒于道中。

〔2〕"文秀"句：谓王粲诗文采出众而骨力欠缺。质，质地，本体。曹丕《与吴质书》评王粲云："惜其体弱，不足起其文。"即文秀质羸之意。

【译文】

其诗源出于李陵。唱出悲哀的歌词，文采出众而气力羸弱。在曹植、刘桢之间另成一种风貌。与陈思王相比则不足，与魏文帝相比则有馀。

晋步兵阮籍诗[1]

其源出于《小雅》。无雕虫之巧[2]，而《咏怀》之作，可以陶性灵，发幽思。言在耳目之内，情寄八荒之表[3]。洋洋乎会于《风》、《雅》[4]，使人忘其鄙近，自致远大。颇多感慨之词。厥旨渊放，归趣难求。颜延注解，怯言其志[5]。

【注释】

〔1〕阮籍（210—263）：字嗣宗，陈留尉氏（今属河南）人。建安文学家阮瑀之子。曾任步兵校尉，世称阮步兵。早年屡辞征辟，后曾为司马懿、司马师从事中郎、散骑常侍、东平相等职。本有济世之志，因司马氏集团与曹氏争权，天下多事，名士多遭杀戮，遂纵酒昏酣，托意《老》《庄》。作《咏怀诗》八十馀篇，讽刺世事，抒发忧生之嗟。阮籍卒时，司马氏集团已掌握大权，但尚未受禅，晋朝未立。故阮籍实为魏人，锺嵘称"晋步兵校尉"，不确。但其误亦有缘由。西晋朝廷于撰写晋史时，已有当起于何时之论辩，有人即主张始于魏正始年间，还有人主张将魏嘉平以来朝臣全都列入（见《晋书·贾谧传》、《初学记》卷二一引陆机《晋书限断议》等）。东晋人撰晋代史，多载魏末人士如嵇康、阮籍事迹（唐初官修《晋书》，据东晋、南朝人所撰十馀家晋史，即为嵇、阮立传）。锺嵘之称嵇、阮为晋人，盖受此影响。

〔2〕雕虫：指费心思于雕琢文辞。扬雄《法言·吾子》自称少年时喜好作赋，乃"童子雕虫篆刻"。虫、刻，谓虫书、刻符，均为古时书法中纤巧而难工之体（说据汪荣宝《法言义疏》）。一说，雕虫犹虫镂，虫

镂即彤镂，指施以赤色、加以刻镂；篆刻即雕刻。均以喻赋之刻饰华彩。见蒋礼鸿《义府续貂》）。

〔3〕"言在"二句：意谓《咏怀》诗虽然也抒写所见所闻，陈说人间之事，但诗人之情感、理想，乃在于天地之外，高远超迈。按：阮籍生当乱世，内心痛苦，遂于幻想中超凡脱俗，追求自由解脱。如《咏怀》四十五："竟知忧无益，岂若归太清。"又七十四："道真信可娱，清洁存精神。"皆是其例。八荒，八方极远之地。

〔4〕洋洋：美盛貌。《论语·泰伯》："子曰：师挚之始，《关雎》之乱，洋洋乎盈耳哉！"

〔5〕"颜延"二句：颜延年注释阮籍《咏怀诗》，已佚，仅见于《文选》李善注所引数则。

【译文】

其诗源出于《小雅》。虽不致力于精巧的文辞雕琢，但《咏怀》之作，可以陶冶性情，引发深远的思绪。所说的是近在耳目之内的事，情怀却寄托于极为高远之境。多么美好啊，与《风》、《雅》之音相合，使人忘掉了那些鄙俗凡近的情事，让自己达到一个远大的境界。诗中颇多感慨之词。其诗旨渊深不羁，意趣所归，难以寻求。颜延年作注解，不敢言说其心意。

晋平原相陆机诗[1]

其源出于陈思。才高辞赡[2]，举体华美[3]。气少于公幹，文劣于仲宣[4]。尚规矩，不贵绮错[5]，有伤直致之奇[6]。然其咀嚼英华，厌饫膏泽[7]，文章之渊泉也。张公叹其大才[8]，信矣！

【注释】

〔1〕陆机（261—303）：字士衡，吴郡吴（今江苏苏州）人。曾为平原内史，世称陆平原。祖陆逊、父陆抗，均为东吴名臣。吴亡，退居华亭（今上海松江），读书十年。晋惠帝即位，应诏至洛阳，为著名文人张华所爱重。曾为太子洗马、尚书郎、著作郎、中书侍郎等职。锐意进取。八王之乱中，为成都王司马颖所杀。 平原相：指平原国（治平原，今属山东）内史，其职务相当于郡太守。《晋书・职官志》："郡皆置太守。……诸王国以内史掌太守之任。"又云："改（王国）太守为内史。省相及仆。"是晋时诸王国并不设相。但汉代诸王国初由内史治民，成帝时省内史之职，而由相治民，东汉亦然（据《宋书・百官志》）。晋时复设内史治民而省相，内史之职务实与汉代之相相同，故人或沿用汉时旧称以称之。

〔2〕赡（shàn 善）：富盛。

〔3〕举体：全身；全体。

〔4〕"气少"二句：锺嵘评诗，主张风力、文采二者兼具。他认为刘、王虽各在其中一方面胜于陆机，但刘则文采不足，王则气力羸弱。陆机诗虽气力逊于刘桢，文采不如王粲，但亦不似二人之偏胜，而是比较全面。就气与文二者结合较好而言，陆机继承了曹植的优点，故曰

"出于陈思"（参王运熙师《魏晋南北朝文学批评史·锺嵘〈诗品〉》）。《世说新语·品藻》："时人道阮思旷（阮裕）骨气不及右军（王羲之），简秀不如真长（刘惔），韶润不如仲祖（王濛），思致不如渊源（殷浩），而兼有诸人之美。"锺嵘评陆机，当受此种品藻方式影响，谓陆机兼有刘、王二人之美。又如南朝宋羊欣对东汉书法家张芝评价很高，称其"精劲绝伦"，"人谓之草圣"（《古来能书人名》）。但又说"张字形不及右军，自然不如小王（献之）"（虞龢《论书表》引）。可见六朝评论，往往进行比较，在高度赞扬的同时，又指出其某些方面不及他人。

〔5〕绮错：如丝织品之花纹纵横交错，此喻词藻的组织安排。诸本皆作"不贵绮错"，"不"字疑衍（韩国学者车柱环《锺嵘诗品校证》、邓仕樑《两晋诗论》、张伯伟《锺嵘诗品研究》均疑为衍字，参张氏《锺嵘诗品研究·附录》）。下文云："有伤直致之奇。"绮错与直致相对，贵绮错，所以伤害直致之美。唐初元兢《古今诗人秀句序》自述其选录标准云："以情绪为先，直置为本；以物色留后，绮错为末。"（《文镜秘府论·南卷·论文意》引）即以绮错与直置相对，可为旁证（直置意同于直致）。又，或以为"不"字乃"而"字之形误，或以为上文"矩"原作"榘"，后讹为"矩"、"不"二字。可供参考。（参杨焄《诗品译注》引王叔岷、蔡锦芳说）

〔6〕直致：晋宋以来常语，有本来如此、自然而然之意。如袁宏《七贤序》："（嵇康）举体秀异，直致自高。"言其禀性自然高洁，非由修养所致。又《世说新语·赏誉》载王濛称刘惔："非为简选，直致言处自寡耳。"刘孝标注："谓吉人之辞寡，非择言而出也。"意谓刘惔之言寡，乃其禀性原本如此，并非经过训练、思考，择而后言。又常景《司马相如赞》："长卿有艳才，直致不群性。"意谓司马相如天然卓荦不群。用于评论作品，则有直接表现之意，与重人工雕琢、组织安排相对。直致则显得自然，与《中品序》"直寻"有相通之处。

〔7〕"然其"二句：谓陆机诗反映出对前代典籍的充分吸取。英华，花朵；膏泽，肥美滋润。均用以喻作品之美。厌、饫（yù 育），均饱食之意。

〔8〕张公：指张华。《世说新语·文学》刘孝标注引《文章传》："机善属文，司空张华见其文章，篇篇称善，犹讥其作文大冶，谓曰：'人之作文，患于不才；至子为文，乃患太多也。'"按：所谓才多，包括能大量调遣、组织辞藻而言。辞藻盛多，在当时人看来，乃是优点。但若过分，亦易流于板滞，且易使作品暗昧臃肿，故张华云"乃患太多"。

【译文】

　　其诗源出于陈思王。才气高卓，词藻富盛，整体华丽美妙。气力少于刘公幹，文采逊于王仲宣。崇尚规矩，重视组织安排，在直接表现、奇警动人方面有所损害。然而其诗如含咀英华，饱食膏腴，乃是文章的渊薮。张公赞叹他大才，确实不错啊！

晋黄门郎潘岳诗[1]

其源出于仲宣。《翰林》叹其翩翩奕奕[2]，如翔禽之有羽毛，衣被之有绡縠[3]，犹浅于陆机。谢混云[4]："潘诗烂若舒锦，无处不佳；陆文如披沙简金，往往见宝。"[5]嵘谓益寿轻华[6]，故以潘胜；《翰林》笃论[7]，故叹陆为深[8]。余常言：陆才如海，潘才如江[9]。

【注释】

〔1〕潘岳(247—300)：字安仁，荥阳中牟(今属河南)人。官至给事黄门侍郎，世称潘黄门。曾为河阳县令、怀县令、著作郎等。为赵王司马伦亲信孙秀所诬陷，被杀。

〔2〕《翰林》：东晋李充著《翰林论》，评论古今各体文章。其书今佚，仅存少量佚文。　翩翩奕奕：均形容文辞美盛之状。曹丕《与吴质书》："元瑜书记翩翩，致足乐也。"《高僧传·支楼迦谶传》："安公云：'孟详所出(指所译佛经)，奕奕流便，足腾玄趣也。'"

〔3〕绡縠(xiāo hú 肖胡)：轻纱，绉纱。

〔4〕谢混：字叔源，小字益寿。东晋诗人。本书列于"中品"。

〔5〕"潘诗"四句：《世说新语·文学》篇亦载之，但归于东晋孙绰。简，通"拣"。

〔6〕轻华：指风貌轻快华美。按：《文心雕龙·体性》有"轻靡"一体，轻靡即轻华。靡，美也。《体性》又云："壮与轻乖。"轻与壮大相反，又有清浅明快意。又《文心雕龙·明诗》云："晋世群才，稍入轻绮。"同书《哀吊》称赞祢衡《吊张衡文》"缛丽而轻清"，轻绮、缛丽

轻清，亦即轻华。

〔7〕笃论：深入的议论。

〔8〕深：指辞旨深隐，非一览即晓。按：此就表现风格而言，非指思想意义之深浅。如《抱朴子外篇·释义》："其深者则患于譬烦言冗。"《文心雕龙·定势》引曹植语："世之作者，或好烦文博采、深沉其旨者。"都将深与文辞繁富相联系。文辞繁富，易流于芜杂而不清便，故谢混云陆如披沙拣金而以潘为胜。但由繁富亦可见其才大。《翰林论》叹陆为深，亦即寓有赞其才大之意，故锺嵘称为笃论，即深入而不只看表面的议论。

〔9〕"余常言"二句：意谓陆机之才大于潘岳。

【译文】

其诗源出于王粲。《翰林论》赞叹其诗美好，如飞鸟之有漂亮的羽毛，衣服之有轻丽的绢纱，而还比陆机来得浅。谢混说："潘岳诗光彩灿烂，如舒展锦缎，无处不佳；陆机诗如分开砂砾，拣取金粒，常常见宝。"我说谢混轻巧倩丽，因此以潘岳为胜；《翰林论》意见深入，因此赞叹陆机为深。我常说：陆机之才如海，潘岳之才如江。

晋黄门郎张协诗^[1]

其源出于王粲。文体华净，少病累。又巧构形似之言^[2]。雄于潘岳，靡于太冲^[3]。风流调达^[4]，实旷代之高才^[5]。辞彩葱蒨^[6]，音韵铿锵。使人味之，亹亹不倦^[7]。

【注释】

〔1〕张协(生卒年不详)：字景阳，安平武邑(今属河北)人。与兄载、弟亢齐名，并称三张。曾为秘书郎、华阴令、中书侍郎、河间内史等职。见天下纷乱，遂隐居不仕，以文章自娱。惠帝永嘉初，征为黄门侍郎，托病不就，卒于家。

〔2〕形似：指描摹物象。沈约《宋书·谢灵运传论》："相如巧为形似之言。"

〔3〕靡：美丽。按：靡非贬词。《汉书·司马相如传》："相如见上好仙，因曰：'上林之事未足美也，尚有靡者。'"颜师古注："靡，丽也。"又陆机《文赋》："言徒靡而不华。"李善注："靡，美也。" 太冲：西晋诗人左思，字太冲。

〔4〕调达：与逸荡、倜傥义近，有奇俊而洒脱不羁之意(参王发国《诗品考索》)。

〔5〕旷代：犹绝代；绝世。谓举世无双，世间少有。

〔6〕葱蒨(qiàn 欠)：《文选》谢朓《和伏武昌登孙权故城》："文物共葳蕤，声明且葱蒨。"张铣注："葳蕤、葱蒨，盛貌。"

〔7〕亹(wěi 尾)亹：范晔《后汉书·班彪传论》："若(班)固之序事，不激诡，不抑抗，赡而不秽，详而有体，使读之者，亹亹而不厌。"

李贤注:"《尔雅》曰:亹亹,犹勉也。"按:六朝人所用亹亹一语,实亦有美好动人之义。如郭璞《赠温峤》:"兰薄有芷,玉泉产玫。亹亹含风,灼灼猗人。"康僧渊《代答张君祖诗序》:"省赠法颐诗,经通妙远,亹亹清绮。"均不得以勉释之。《宋书·五行志二》载东晋民谣云:"金刀既以刻,娓娓金城中。"孟颙释之曰:"金刀,刘也。倡义诸公,皆多姓刘。娓娓,美盛貌也。"又《乐志二》载殷淡《宋夕牲歌词》:"奕奕闶阆,娓娓严闱。"娓娓、奕奕皆美好之意。亹、娓同音通用。

【译文】

其诗源出于王粲。诗的风貌华美明净,少有疵病。又巧于写作描摹物象之语。比潘岳有力,比左思华丽。风采奕奕,倜傥不羁,实为绝世之高才。词彩盛美,音韵铿锵,使人品味起来,美滋滋的不知疲倦。

晋记室左思诗[1]

其源出于公幹。文典以怨[2]，颇为清切，得讽喻之致。虽浅于陆机，而深于潘岳[3]。谢康乐常言[4]："左太冲诗，潘安仁诗，古今难比。"

【注释】

〔1〕左思(生卒年不详)：字太冲，齐国临淄(今属山东)人。曾为秘书郎。后归家闲居。齐王冏请为记室督，不就。时皇室内讧，京师大乱，乃迁居冀州。数岁，以疾终。

〔2〕典：谓多征引史事。此指其《咏史》诗而言。

〔3〕"虽浅于"二句：谓左思诗比陆机诗浅显，但比潘岳诗深隐。当亦指其《咏史》而言。其诗虽语言简劲明白，但多引古以讽今，读者须思而得之，故亦较为深隐。

〔4〕谢康乐：即谢灵运。

【译文】

其诗源出于刘桢。诗中多引古事而抒发怨恨之情，颇为清朗峻切，有讽喻的风致。虽然比陆机为浅，但较潘岳为深。谢灵运曾说："左太冲诗，潘安仁诗，古今难以比并。"

宋临川太守谢灵运诗[1]

其源出于陈思，杂有景阳之体。故尚巧似[2]，而逸荡过之[3]。颇以繁芜为累。嵘谓若人兴多才博[4]，寓目辄书，内无乏思，外无遗物，其繁富，宜哉！然名章迥句[5]，处处间起；丽曲新声，络绎奔发。譬犹青松之拔灌木，白玉之映尘沙，未足贬其高洁也。初，钱塘杜明师夜梦东南有人来入其馆[6]，是夕即灵运生于会稽[7]。旬日而谢玄亡[8]。其家以子孙难得，送灵运于杜治养之[9]，十五方还都[10]，故名"客儿"[11]。

【注释】

〔1〕临川太守：应为临川内史。临川（治临汝，今江西抚州西）为王国，故当称内史。但因内史职掌与郡太守同，故又混称为太守。 谢灵运（385—433）：陈郡阳夏（今河南太康）人。东晋名将谢玄之孙。晋时袭封康乐公，入宋，降爵为侯。世称谢康乐。宋时曾为永嘉太守、秘书监、侍中、临川内史等职。因与当权者不合，渐萌逆志，后被杀于广州。

〔2〕尚：喜好。 巧似：即巧为形似之意，指描摹风景物象而言。

〔3〕逸荡：不受拘束、不重规矩之意，与张协条"调达"义近。

〔4〕若人：此人。 兴：一作"学"。

〔5〕迥句：秀拔出众之句。

〔6〕钱塘：今浙江杭州，当时属吴郡。 杜明师：杜昺，字叔恭（一

说名炅，字子恭。王发国《诗品考索》以为当作㫸，唐人避讳改作炅），钱塘人，东晋著名道士，卒后其信徒弟子谥曰明师（据《云笈七签》卷一一一引《洞仙传·杜㫸》）。

〔7〕会稽：郡名，治山阴（今浙江绍兴）。东晋名臣谢安（谢灵运曾叔祖父）寓居之东山，即在会稽上虞县南。谢氏家族世居于此。《宋书·谢灵运传》："谢灵运父、祖并葬始宁县，并有故宅及墅。"始宁县在上虞南。

〔8〕谢玄：当作谢安。谢玄卒时，谢灵运已四岁，不得云旬日而亡。而谢安卒于东晋孝武帝太元十年（385）八月，正是灵运生年（说见叶笑雪《谢灵运诗选》、曹旭《诗品集注》）。诸家于此讨论甚多，可参考日本国学者清水凯夫《〈诗品〉谢灵运条逸话考》。

〔9〕"其家"二句：《晋书·谢玄传》载玄上疏曰："冀仰凭皇威，宇宙宁一……然后从亡叔臣安退身东山，以道养寿。……不谓臣愆咎素积，罪钟中年，上延亡叔臣安、亡兄臣靖，数月之间，相系殂背，下逮稚子，寻复夭昏。哀毒兼缠，痛百常情。"可知谢灵运出生之后不久，谢家长幼多病故者。其家必以为不祥。为祈求灵运平安成长，故送往杜明师处寄养（详参清水凯夫《〈诗品〉谢灵运条逸话考》）。又，杜明师在当时颇受崇敬，贵族豪门多事之为弟子。据《洞仙传·杜㫸》，谢安、谢玄均曾向他请教。故谢家送灵运前往，实非偶然（参张伯伟《锺嵘诗品研究·附录·锺嵘〈诗品〉谢灵运条疏证》）。杜治，指杜明师处。治，道士家中静室，进行宗教活动之所。

〔10〕都：指东晋都城建康（今江苏南京）。

〔11〕退翁书院等明清抄本、刻本此下有注云："治，音稚，奉道之家靖室也。"又，此段传说出于刘敬叔《异苑》。锺嵘当是抄录《异苑》之文。也有学者怀疑《诗品》原不载此故事，后人引《异苑》为注而阑入（参曹旭《诗品集注》）。

【译文】

　　其诗源出于陈思王，杂有张协诗的体貌。喜好巧妙地描绘景物，而率意不羁，犹过于张协。颇因繁多芜杂而受累。我认为此人兴会淋漓，才力博大，见到什么便写入诗篇，内无才思困窘之时，外无遗漏不写之物，其文辞繁富，是当然的啊！于是脍炙人口、秀杰出众的诗句，这里那里，时时凸现；如美丽新颖的乐调，络绎不绝，奔赴而来。譬如青松挺立于灌木之上，白玉映照着尘土砂砾，是不足以贬损其崇高洁净的。当初钱塘杜明师夜里梦见有人从东南方来到他的道馆，那一夜便是灵运降生于会稽之日。过了十天，谢玄(应是谢安)便逝世了。他家因子孙难得，乃送灵运到杜明师处寄养，至十五岁才回京都，因此称为"客儿"。

诗品中

序曰：一品之中，略以世代为先后，不以优劣为诠次[1]。又其人既往，其文克定[2]，今所寓言，不录存者。夫属词比事，乃为通谈[3]。若乃经国文符[4]，应资博古；撰德驳奏，宜穷往烈[5]。至乎吟咏情性[6]，亦何贵于用事[7]？"思君如流水"[8]，既是即目；"高台多悲风"[9]，亦唯所见；"清晨登陇首"[10]，羌无故实[11]；"明月照积雪"[12]，讵出经史[13]？观古今胜语，多非补假，皆由直寻。颜延、谢庄[14]，尤为繁密，于时化之。故大明、泰始中[15]，文章殆同书抄[16]。近任昉、王元长等[17]，词不贵奇，竞须新事[18]。尔来作者[19]，寖以成俗[20]。遂乃句无虚语，语无虚字，拘挛补纳[21]，蠹文已甚[22]。但自然英旨[23]，罕值其人[24]。词既失高，则宜加事义[25]。虽谢天才[26]，且表学问，亦一理乎[27]！

【注释】

〔1〕诠次：编次，排列。

〔2〕克：可，能。

〔3〕"夫属词"二句：意谓作文须运用典故，乃是一般人的常谈。《礼记·经解》："属词比事，《春秋》教也。"此借用其语。属词，连缀文词。此指作文。比事，排比事类。事，指典故。

〔4〕经国：治理国家。　文符：指文书、公文。王羲之《与尚书仆射谢安书》："又自吾到此……文符如雨。"

〔5〕往烈：犹言旧事、往事。按："烈"有"功业"义，但此处"往烈"乃泛指过往之事。类似的用例，如沈约《奏弹王源》："臣闻齐大非偶，著乎前诰；辞霍不婚，垂称往烈。"郑太子忽因齐为大国，非郑之偶，故不愿娶妻于郑。其事载于《左传》。隽不疑不肯娶霍光之女，其事见于《汉书》。"往烈"与"前诰"均泛指记载前言行的典籍。又如任昉《齐竟陵文宣王行状》："易名之典，请遵前烈。"谓请依旧事为竟陵王萧子良加谥号。"前烈"、"往烈"意同，均泛指旧事、前代典故。

〔6〕吟咏情性：《毛诗大序》："国史明乎得失之迹，伤人伦之废，哀刑政之苛，吟咏情性，以风其上。"此处泛指做诗。

〔7〕用事：使用典故。

〔8〕"思君"句：徐幹《室思》诗句。

〔9〕"高台"句：曹植《杂诗》诗句。

〔10〕"清晨"句：张华诗句，全诗已佚。

〔11〕羌：发语词。 故实：典故。

〔12〕"明月"句：谢灵运《岁暮》诗句，全诗已佚。

〔13〕讵（jù 巨）：岂。

〔14〕颜延：即南朝宋诗人颜延年。本书列于"中品"。 谢庄：亦南朝宋诗人。本书列于"下品"。

〔15〕大明：南朝宋孝武帝刘骏年号（457—464）。 泰始：宋明帝刘彧年号（465—471）。

〔16〕殆：几乎。

〔17〕任昉：南朝齐、梁时文学家，本书列于"中品"。 王元长：南朝齐文学家王融，字元长，本书列于"下品"。

〔18〕须：待。有"借助于"之意。 新事：他人未曾用过的典故。

〔19〕尔来：自那时以来。尔，此，那。

〔20〕寖（jìn 近）：逐渐。

〔21〕拘挛：拘束，不舒展。 补纳：补缀拼凑。

〔22〕蠹（dù 妒）：喻损害、败坏。 已：太。

〔23〕英旨：美好。英，花；旨，美味。因以喻美好。

〔24〕值：当，遇。

〔25〕事义：即事。参《诗品序》"厥义复矣"注。此指古事成辞，即典故。《隋书·魏澹传》引范晔之言曰："纪传者，史、班之所变也。网罗一代，事义周悉。"《文心雕龙·事类》："学贫者迍邅于事义。"

〔26〕谢：惭愧。

〔27〕理：指"事"而言。按：《礼记·乐记》："礼也者，理之不可易者也。"郑玄注："理，犹事也。"孔颖达《正义》："礼见于貌，行之则恭敬。理，事也，言事之不可改易也。"意谓依礼而行，则其貌恭敬，此乃事之必然者。《列子·杨朱》："方其荒于酒也，不知世道之安危、人理之悔吝。""人理"即人事。左思《蜀都赋》："若乃卓荦奇谲，倜傥罔已，一经神怪，一纬人理。""人理"就司马相如、严君平、王褒、扬雄等人之卓荦不凡而言，亦人事意。晋愍怀太子《遗妃书》详述其被诬陷之经过，末云："事理如此，实为见诬，想众人见明也。""事理"即被诬陷之事实、事情。又谢灵运《庐陵王墓下作》："理感深情恸。""理感"即感于事。谢朓《敬亭山诗》："要欲追奇趣，即此陵丹梯。皇恩竟已矣，兹理庶无睽。""兹理"即指上文追奇趣、陵丹梯之"事"而言。骈文中亦常见"事"、"理"对举之例，如陆厥《与沈约书》言文思之迟速："率意寡尤，则事促乎一日；矒矒愈伏，而理赊乎七步。"理即事也。理、义包含于事中。今言事、理或事、义，有具体与抽象之别。但古人有时混同言之，不甚显示出区别。故其理、义即可理解为"事"，不必拘执为意义、道理之类。

【译文】

序曰：一品之中，大致上按世代排列先后，不以优劣为次序。又其人去世以后，他的作品方能论定；这里所作的评论，不录在世的作者。写作文辞，排比事类，乃是一般的常谈。如果是治国经世的文书，应借助广博的历史知识；叙述德行、辩驳启奏，该穷究既往的事实。至于吟咏情性，又何必以运用典故为贵？"思君如流水"，既是就眼前景物而作；"高台多悲风"，也只是写所见到的景象；"清晨登陇首"，没有使用典故；"明月照积雪"，岂是出于经史？观看古今的佳句，大多不是补缀假借，都是由直接寻求而得。颜延年、谢庄，用典尤其繁密，当时的诗风因之而变化。因此大明、泰始年间，作品几乎同抄书差不多。近世任昉、王元长等，文辞不以警拔为贵，争着使用未曾被人用过的典故。自那以来，作者们渐渐地形成了风气。于是诗句中没有不用典故的词语，词语中没有不是出于典故的字，拘束拼凑，对诗歌的损害太大了！而能写得自然美好的，那样的作者很少遇到。文辞既然不见高妙，那么是该多用典故；虽然惭愧不是天才，那么姑且表表学问，也算是一回事吧！

　　陆机《文赋》，通而无贬[1]；李充《翰林》[2]，疏而不切[3]；王微《鸿宝》[4]，密而无裁；颜延论文[5]，精而难晓；挚虞《文志》[6]，详而博赡，颇曰知言。观斯数家，皆就谈文体，而不显优劣。至于谢客集诗[7]，逢诗辄取；张骘《文士》[8]，逢文即书。诸英志录，并义在文，曾无品第[9]。嵘今所录[10]，止乎五言。虽然，网罗今古，词人殆集。轻欲辨彰清浊[11]，掎摭病利[12]，凡百二十人[13]。预此宗流者[14]，便称才子。至斯三品升降，差非定制[15]，方申变裁[16]，请寄知者尔。

【注释】

　　〔1〕贬：指褒贬而言。日本中泽希南《诗品考》以为“贬”或为“辨”字之讹(见曹旭《诗品集注》引)。

　　〔2〕李充：东晋文学家。其《翰林论》已亡佚，今存佚文若干则。

　　〔3〕疏：通达(参王发国《诗品考索》)。

　　〔4〕王微：南朝宋文学家，本书列于“中品”。《鸿宝》已亡佚。

　　〔5〕“颜延”句：颜延年论文，未知有专篇或专书否。其《庭诰》中有论文语。

　　〔6〕挚虞：西晋文学家。曾按文体编撰文章总集《文章流别集》，并撰《文章流别志论》。《文志》：当指《文章流别志论》。

　　〔7〕谢客集诗：指谢灵运编撰诗歌总集。其书已亡佚。

　　〔8〕张骘：生平未详，当是晋宋时人。所著《文士传》已亡佚。今存佚文若干则。

　　〔9〕曾：乃。

　　〔10〕录：省录，省察。

　　〔11〕轻：轻易，随意。此为自谦之语。

　　〔12〕掎摭(jǐ zhí 挤直)：指摘。曹植《与杨德祖书》：“刘季绪才不能逮于作者，而好诋诃文章，掎摭利病。”

〔13〕百二十人：系举成数而言。今本《诗品》"上品"十一人，另有"古诗"一则，"中品"三十九人，"下品"七十二人，共一百二十三人。

〔14〕预：通"与"，参与。　宗流：源流，系统。

〔15〕差：略微，比较。

〔16〕方：将。

【译文】

陆机的《文赋》，通达而无褒贬；李充的《翰林论》，疏通而不贴切；王微的《鸿宝》，细密而无裁断；颜延年论述文章，精细却又难懂；挚虞的《文章志》，详尽宏富，颇可谓懂得文章。观此数家，都就文章本身进行谈论，而不显示高下优劣。至于谢灵运撰集诗歌，见到诗就收取；张骘编《文士传》，看到文便写入。诸位才士的著述，都在于文章，而不加以品第。我如今所省察讨论的，只限于五言诗。虽说如此，但搜罗今古，凡是诗人几乎都被汇集。便企图辨明清浊，指摘利病，总共一百二十人。凡录入我这本书的，就可称为才子。至于这三品升降，未必就是定论，将要加以变化，请托给真正懂诗的人。

汉上计秦嘉[1]　嘉妻徐淑诗[2]

　　士会夫妻事既可伤，文亦凄怨。二汉为五言者，不过数家，而妇人居二[3]。徐淑叙别之作[4]，亚于《团扇》矣[5]。

【注释】

　　〔1〕上计：地方官于岁末将辖境内户口、田地、收支、盗贼、狱讼等情况编册，遣吏上报，称上计。所遣之吏称上计掾，亦简称上计。秦嘉乃为陇西郡太守上计入京。　秦嘉：生卒年未详。字士会，陇西（治狄道，今甘肃临洮）人。东汉桓帝时，为郡上计吏赴洛阳。因其妻徐淑患病在母家，不获面别，乃作诗以抒离别之情。入京后，为黄门郎。早卒。（生平详参王发国《诗品考索》）

　　〔2〕徐淑：生卒年未详。陇西人，有才学。秦嘉殁后，守志不嫁，哀伤而卒。

　　〔3〕妇人居二：指班婕妤与徐淑。

　　〔4〕叙别之作：秦嘉入京前，有书与诗赠妻，徐氏亦答以书、诗。徐答诗今仅存一首，每句五字，而都有"兮"字。钟嵘所称未必即此首，姑存疑。

　　〔5〕《团扇》：指班婕妤《怨诗》。参"上品·汉婕妤班姬诗"。

【译文】

　　秦士会夫妻之间的情事既令人悲伤，他们的诗歌也凄凉哀怨。两汉写作五言诗的，不过数人，而妇人就占了两位。徐淑的叙述别离之作，可与《团扇》相比并了。

魏文帝诗[1]

其源出于李陵，颇有仲宣之体则[2]。新歌百许篇，率皆鄙直如偶语[3]。唯"西北有浮云"十馀首[4]，殊美赡可玩[5]，始见其工矣。不然，何以铨衡群彦[6]，对扬厥弟者耶[7]！

【注释】

〔1〕魏文帝：即曹丕（187—226），曹操次子。字子桓，沛国谯（今安徽亳县）人。为五官中郎将，立为魏太子。曹操卒，继为丞相、魏王。延康元年（220），代汉自立。好学能文。曹操网罗文士，曹丕、曹植与之唱和游处，在文学史上传为佳话，曹丕实为其中领袖。

〔2〕颇：略，少。 体则：体貌，法则。

〔3〕率：大体上。 偶语：相对私语。此指口语，即不加修饰的常言。

〔4〕"西北有浮云"：为曹丕《杂诗》二首之一的首句。

〔5〕殊：很。 赡（shàn 善）：充足，丰富。此指词藻丰富。

〔6〕铨衡：衡量。此指品评。曹丕《典论·论文》、《与吴质书》评论当时文人，如称刘桢五言诗"妙绝时人"等。 彦（yàn 宴）：俊杰之士。此指有才学的人。

〔7〕对扬：答对，称扬。多用于臣下之于君上。《尚书·说命下》："敢对扬天子之休命。"后渐用为答对之意。此指比对，较量。 厥弟：指曹植。厥，其。

【译文】

其诗源出于李陵，又略有王粲诗的风貌。一百来首新歌，大体上都鄙俗质直像口语对话。只有"西北有浮云"等十多篇，很是富丽，可供玩赏，才能见出他诗作的工巧。若非如此，又凭什么来评论诸位才士，与其兄弟相比对呢！

晋中散嵇康诗^[1]

其源出于魏文。过为峻切，讦直露才^[2]，伤渊雅之致。然托谕清远^[3]，良有鉴裁^[4]，亦未失高流矣。

【注释】

〔1〕嵇康（224—263）：字叔夜，沛国铚（今安徽宿县西）人。娶曹操子曹林孙女。为中散大夫。与阮籍、山涛、向秀、刘伶、阮咸、王戎交游，后世称为"竹林七贤"。对司马氏集团采取不合作态度，托意于《老》、《庄》，蔑弃礼法，自称"每非汤、武而薄周、孔"（《与山巨源绝交书》）。为司马氏集团所恨怒，因事下狱，被杀。其卒时尚属魏世，钟嵘称"晋中散"，不确。参"上品"阮籍条注。

〔2〕讦（jié 节）直：直接指斥他人，不留情面。 露才：班固《离骚序》："今若屈原，露才扬己。"

〔3〕托谕：寄意于言，使人明晓。谕，同"喻"。明告，明晓。 清远：清高玄远，离尘脱俗。按：嵇康诗多抒发忧生之嗟，同时亦表现捐弃物累、养素全真、托意玄远的高尚之志。此点与阮籍相似。

〔4〕良：甚，确实。

【译文】

其诗源出于魏文帝。过于严峻激切，直斥宵小，显露自己的美质，有伤于深厚温雅的风致。然而寄意清高玄远，确有识见裁断，也不失为高士之流了。

晋司空张华诗[1]

其源出于王粲。其体华艳，兴托多奇[2]。巧用文字，务为妍冶。虽名高曩代[3]，而疏亮之士[4]，犹恨其儿女情多，风云气少[5]。谢康乐云："张公虽复千篇，犹一体耳。"今置之甲科疑弱[6]，抑之中品恨少，在季孟之间矣[7]。

【注释】

〔1〕张华(232—300)：字茂先，范阳方城(今河北固安西南)人。魏末被荐为太常博士，后为中书郎。入晋，因力主伐吴有功，为武帝所重，曾为都督幽州诸军事。惠帝即位，为太子少傅、司空、领著作等。赵王伦欲行篡夺之事，华不从，被杀。

〔2〕多奇：一作"不奇"。

〔3〕曩(nǎng 攘)代：前代。

〔4〕疏亮：通达明朗。指人物风貌而言，有不拘于琐事常规、高迈脱俗之意。

〔5〕"犹恨"二句：意谓还因其诗儿女柔情居多、高情远致少见而感到遗憾。按："风云"一语，六朝常用，其义不一。有指超脱尘俗而言者。如宋范晔《后汉书·逸民传赞》："远性风疏，逸情云上。"齐何昌寓《与褚渊书》："散情风云，不以尘务婴衿；明发怀古，唯以琴书娱志。"梁庾信《荣启期三乐赞》："性灵造化，风云自然。"谓荣启期高洁之性，出于自然。又，陈周弘让《与徐陵书荐方圆》："（方氏）雅奉闲逸，得性丘林。……今复同在岩壑，毕志风云。"或有指自然风景而言

者，意亦相近。如齐裴子野《雕虫论》："深心主卉木，远致极风云。"
刘勰《文心雕龙·神思》："眉睫之前，卷舒风云之色。"荀济《赠阴梁
州诗》："诗酒悦风云，琴歌赏桃李。"均为其例。金人元好问《论诗绝
句》有云："邺下风流在晋多，壮怀犹见缺壶歌。风云若恨张华少，温
李新声奈尔何！"自注："钟嵘评张华诗：恨其儿女情多，风云气少。"
元氏以为钟嵘谓张华诗慷慨激昂之气少，可供参考，但未必为确解。又，
荀济《见执下辩》："自伤年几摧颓，恐功名不立；舍儿女之情，起风云
之事。故挟天子，诛权臣。"亦以"儿女"、"风云"对举。钱锺书先生
《管锥编》云："想见六朝习用也。"其辞语本《周易·文言》："云从
龙，风从虎，圣人作而万物睹。"指风云感会，建功立业，与钟嵘之意
有异。

〔6〕甲科：一等，上品。

〔7〕季孟之间：二者之间。为六朝人常语。出于《论语·微子》：
"齐景公待孔子，曰：'若季氏，则吾不能。以季、孟之间待之。'"此
指张华诗在上、中品之间。

【译文】

　　其诗源出于王粲。其体貌华艳，意兴寄托多奇拔不凡。巧妙
地运用文字，致力于追求妍美。虽然名高于前代，而通达高朗之
士，还因其诗儿女之情多、高远之致少而感到遗憾。谢灵运说：
"张公所作虽有千篇，却如同一个样子。"现在置其诗于"上品"
恐怕还差一些；退之于"中品"却又嫌低，大致在这二者之间吧。

魏尚书何晏[1]　晋冯翊太守孙楚[2]
晋著作郎王赞[3]　晋司徒掾张翰[4]
晋中书令潘尼[5]

平叔"鸿雁"之篇[6]，风规见矣[7]。子荆"零雨"之外[8]，正长"朔风"之后[9]，虽有累札[10]，良亦无闻。季鹰"黄花"之唱[11]，正叔"绿蘩"之章[12]，虽不具美[13]，而文彩高丽。并得虬龙片甲，凤凰一毛[14]。事同驳圣[15]，宜居中品。

【注释】

〔1〕何晏（？—249）：字平叔，南阳宛（今河南南阳）人。其母尹氏被曹操纳为夫人，因随在魏宫，并娶魏公主为妻。官至吏部尚书。好《老》《庄》，为正始玄学代表人物之一。后为司马懿所杀。

〔2〕冯翊（píng yì 平意）：郡名，治临晋（今陕西大荔）。　孙楚（？—293）：字子荆，太原中都（今山西平遥西南）人。曾为征西参军、冯翊太守等。

〔3〕王赞：生卒年未详。字正长，义阳郡（治今河南新野）人。曾为著作郎、散骑侍郎等。

〔4〕司徒：官名，与太尉、司空同为三公之一。史不言张翰曾为司徒掾属，疑钟嵘误记。　张翰：生卒年未详。字季鹰，吴郡吴（今江苏苏州）人。齐王司马冏辟为大司马东曹掾。见政治纷乱，乃弃官归故乡，卒，年五十七。

〔5〕潘尼（？—约311）：字正叔，荥阳中牟（今属河南）人。潘岳之

侄。太康中举秀才，为太常博士。后曾任中书令、太常卿等职。永嘉之乱，洛阳将陷，携家还乡里，道病卒，年六十馀。

〔6〕"鸿雁"之篇：当指何晏"鸿鹄比翼游"一首，见《世说新语·规箴》注引《名士传》，明冯惟讷《诗纪》题为《拟古》。

〔7〕风规：讽喻规劝。何晏此诗以鸿鹄为喻，表现出在曹魏与司马氏政治斗争中的忧危之情。诗中"岂若集五湖，从流唼浮萍。永宁旷中怀，何为怵惕惊"等句，有急流勇退、高蹈避世意，故被钟嵘认为有讽世作用。

〔8〕"零雨"：指孙楚《征西官属送于陟阳候作》诗。诗首二句为："晨风飘歧路，零雨被秋草。"零雨，下雨。

〔9〕"朔风"：指王赞《杂诗》。诗首二句为："朔风动秋草，边马有归心。"

〔10〕累札：犹言连篇累牍。札，古时书写用的小木简。

〔11〕"黄花"：指张翰《杂诗》。诗有"青条若总翠，黄花如散金"之句。

〔12〕"绿繁"：指潘尼《迎大驾》。诗有"青松荫修岭，绿繁被广隰"之句。

〔13〕具美：全美。具，通"俱"。

〔14〕"并得"二句：喻其局部高丽不凡，珍贵难得。按：《世说新语·容止》："王敬伦（劭）风姿似父（王导）……桓公（温）望之，曰：'大奴（王劭）故自有凤毛。'"又《南齐书·谢超宗传》："超宗以选补王国常侍，王母殷淑仪卒，超宗作诔奏之。帝（宋孝武帝）大嗟赏，曰：'超宗殊有凤毛，恐灵运复出。'"超宗，灵运孙。《金楼子·杂记上》："世人相与呼父为凤毛，而孝武亦施之祖，便当可得通用。"知凤毛为东晋、南朝人常语。但钟嵘"凤凰一毛"之语，并非就继承父、祖而言。

〔15〕驳圣：虽近于圣，但不精纯。言其诗中有颇高妙者，但其他作品则不能相称。驳，杂而不纯。

【译文】

何平叔"鸿雁"一诗，表现出讽喻规劝之意了。孙子荆除"零雨"之外，王正长在"朔风"之后，虽然还有许多诗作，却实在也没有什么名声。张季鹰"黄花"之作，潘正叔"绿繁"之篇，虽不全美，而文采高卓华丽。都得到了虬龙的片甲，凤凰的一毛。这情形就像入了圣人之域但不精纯，应该居于"中品"。

魏侍中应璩诗[1]

祖袭魏文。善为古语[2]。指事殷勤[3]，雅意深笃[4]，得诗人激刺之旨[5]。至于"济济今日所"[6]，华靡可讽味焉。

【注释】

〔1〕应璩(190—252)：字休琏，汝南南顿(今河南项城西)人。应玚之弟。曾为散骑常侍、侍中等职。

〔2〕"善为"句：意谓应璩诗善于用古语古事以达意。萧子显《南齐书·文学传论》："今之文章，作者虽众，总而为论，略有三体。……次则辑事比类，非对不发，博物可嘉，职成拘制。或全借古语，用申今情，崎岖牵引，直为偶说。唯睹事例，顿失精彩。此则傅咸《五经》，应璩'指事'，虽不全似，可以类从。"

〔3〕指事：直接指说事情。参《诗品序》"指事造形"注。观今存应璩诗，言事成分颇多而抒情成分少。　殷勤：恳切周到。当指应璩诗之规讽世人而言。

〔4〕雅意：美意。

〔5〕诗人：指《诗经》作者。　激刺：有感于事，进行讽刺。据传统看法，认为《诗经》中多有感而发的讽喻之作。按：应璩诗多讽刺之意，昔人多言之。如《三国志·王粲传》注引《文章叙录》："曹爽秉政，多违法度，璩为诗以讽焉。其言虽颇谐合，多切世要，世共传之。"又如李充《翰林论》："应休琏五言诗百数十篇，以风规治道，盖有诗人之旨焉。"（《文选》应璩《百一诗》注引）就其诗之现存者观之，虽多讽喻之意，但并非专指曹爽及当时政治而言，也有对一般世态加以规劝

者。李充所谓"风规治道",盖泛言之。

〔6〕"至于"句：引诗今佚。

【译文】

师法魏文帝。善于运用古语古事。指说事情周到恳切，美意深至，得《诗经》作者感事讽刺之意。至于"济济今日所"一首，华美而可供吟诵玩味。

晋清河太守陆云^[1]　晋侍中石崇^[2]
晋襄城太守曹摅^[3]　晋朗陵公何劭^[4]

清河之方平原，殆如陈思之匹白马^[5]。于其哲昆^[6]，故称二陆^[7]。季伦、颜远，并有英篇。笃而论之，朗陵为最。

【注释】

〔1〕陆云（262—303）：字士龙，吴郡吴（今江苏苏州）人。陆机之弟。吴亡后仕晋，曾为浚仪令、中书侍郎、清河内史等职，世称陆清河。与陆机同时为成都王司马颖所杀害。清河，西晋王国名，治清河（今山东临清东）。其官长应称内史，以其职务与郡太守同，故混称太守。

〔2〕石崇（249—300）：字季伦，渤海南皮（今属河北）人。曾任修武令、荆州刺史、侍中、卫尉等职。以生活豪奢著称。后为赵王伦、孙秀所杀。

〔3〕曹摅（？—308）：字颜远，谯国谯（今安徽亳县）人。曾为洛阳令、襄城太守等职。后为征南司马讨伐流民，战死。襄城，西晋郡名，治襄城（今属河南）。

〔4〕何劭（236—301）：字敬祖，陈国阳夏（今河南太康）人。何曾之子，袭封朗陵县公。与晋武帝司马炎同年交好。曾为太子太傅、司徒、太宰等。

〔5〕白马：指曹植弟曹彪，封白马王。

〔6〕于：以。　哲昆：犹言贤兄。即高明的兄长。哲，智。昆，兄。

〔7〕二陆：陆机兄弟入洛，为人所重，并称二陆。张华《与褚陶书》："二陆龙跃于江汉。"（《世说新语·赏誉》注引《褚氏家传》）

【译文】

　　陆清河与陆平原相比并，和曹彪与曹植相匹配差不多。因为贤兄的缘故，被称作"二陆"。石季伦(崇)、曹颜远(摅)，都有出色的诗篇。深究而论之，以何朗陵(劭)诗最好。

晋太尉刘琨[1]　晋中郎卢谌诗[2]

其源出于王粲[3]。善为凄戾之词[4]，自有清拔之气。琨既体良才，又罹厄运[5]，故善叙丧乱，多感恨之词。中郎仰之，微不逮者矣[6]。

【注释】

〔1〕刘琨(271—318)：字越石，中山魏昌(今河北无极东北)人。少时以雄豪著称，曾参与石崇金谷之会，又与石崇、陆机等以文才事权贵贾谧，号二十四友。与祖逖交好，曾共被而眠，闻鸡起舞。时天下方乱，颇有靖世之志。光熙元年(306)，为并州刺史。召募流亡，对抗刘聪。兵败，父母皆遇害。晋愍帝时，为都督并、冀、幽诸军事，又败于石勒。乃投奔幽州刺史鲜卑人段匹磾。西晋灭亡，联合河北诸镇，上表江南，劝司马睿继位称帝，被任为侍中、太尉。后遭段匹磾疑忌，被害。

〔2〕卢谌(285—351)：字子谅，范阳涿县(今属河北)人。西晋末曾为刘琨主簿、从事中郎。随琨投段匹磾，为别驾。后又投辽西段末波。又曾为后赵石虎中书侍郎、侍中、中书监等。冉闵破后赵，被杀。谌为名家子，遇中原丧乱，不得已而仕于异族，虽官位高显，常以为耻。每谓诸子云："吾身没之后，但称晋司空(晋愍帝拜刘琨司空)从事中郎尔。"

〔3〕"其源"句：或作"越石诗其源出于王粲"。

〔4〕凄戾：凄凉恨苦。戾，不和，不顺。

〔5〕罹(lí离)：遭遇。

〔6〕逮：及。

【译文】

　　其诗源出于王粲。善于作凄凉恨苦之辞，自然有清朗挺拔的气概。刘琨既禀有良好的才资，又遭遇厄运，因此长于叙写丧乱，多感慨憾恨之词。卢中郎仰望于他，是略有不及的了。

晋弘农太守郭璞诗[1]

宪章潘岳[2]，文体相晖[3]，彪炳可玩[4]。始变中原平淡之体[5]，故称中兴第一[6]。《翰林》以为诗首。但《游仙》之作，辞多慷慨，乖远玄宗。而云"奈何虎豹姿"[7]，又云"戢翼栖榛梗"[8]，乃是坎壈咏怀[9]，非列仙之趣也[10]。

【注释】

〔1〕郭璞(276—324)：字景纯，河东闻喜(今属山西)人。好阴阳历算，长于卜筮之术。东晋初，曾为著作佐郎、尚书郎等。王敦以为记室参军。及敦谋反，使璞占卜。璞言其必败，被杀。追赠弘农太守。

〔2〕宪章：以之为法则，即效法之意。

〔3〕"文体"句：谓郭璞诗之体貌与潘岳诗互相辉映。文体，一作"文质"。文质相晖，即文质彬彬、文华质朴相谐合之意。

〔4〕彪炳：指文采美丽。彪，虎皮之花纹。炳，鲜明。

〔5〕"始变"句：谓郭璞诗开始改变西晋玄言诗平淡寡味的面貌(参见《诗品序》"永嘉时贵黄老……郭景纯用隽上之才，变创其体"一节)。中原，一作"永嘉"。

〔6〕中兴：指东晋之初。西晋灭亡，司马睿在江南即帝位，建都于建业，史称东晋。

〔7〕"奈何"句：此句与下文"戢翼栖榛梗"，皆郭璞《游仙》诗佚句，二诗均已不存。

〔8〕戢(jí极)：收，敛。　榛梗：杂树。

〔9〕坎壈(kǎn lǎn 砍揽)：不遇于时，困顿失志。

〔10〕列仙：众仙人。刘向有《列仙传》。

【译文】

效法潘岳，诗歌风貌相互辉映，美丽鲜明，可供玩赏。开始改变中原诗坛平淡的面貌，因此被称为中兴时期的第一人。《翰林论》以为是诗人之首。只是《游仙诗》之作，辞意多慷慨激烈，与道家玄远之旨相去甚远。而说"奈何虎豹姿"，又说"戢翼栖榛梗"，乃是歌咏困顿不得志的怀抱，并不是游仙的情趣。

晋吏部郎袁宏诗[1]

彦伯《咏史》[2]，虽文体未遒[3]，而鲜明紧健[4]，去凡俗远矣。

【注释】

〔1〕袁宏（约328—约376）：字彦伯，小字虎。陈郡（治今河南淮阳）人。曾任大司马桓温记室、南海太守、吏部郎、东阳太守等职。

〔2〕《咏史》：《世说新语·文学》注引《续晋阳秋》："虎少有逸才，文章绝丽。曾为《咏史》诗，是其风情所寄。少孤而贫，以运租为业。镇西谢尚，时镇牛渚，乘秋佳风月，率尔与左右微服泛江。会虎在运租船中讽咏，声既清会，辞文藻拔，非尚所曾闻。遂往听之，乃遣问讯。答曰：'是袁临汝郎（按：袁宏父勖，曾为临汝令）诵诗。'即其《咏史》之作也。尚佳其率有胜致，即遣要迎，谈话申旦。自此名誉日茂。"

〔3〕未遒（qiú 球）：未尽美。曹丕《与吴质书》："公幹有逸气，但未遒耳。"《文选》五臣注吕延济曰："遒，尽也。言未尽美也。"按：刘宋明帝时虞龢上《论书表》，论及王羲之、献之父子书法云："且二王暮年皆胜于少。……羲之为会稽，献之为吴兴，故三吴之近地，偏多遗迹也。又是末年遒美之时。"即谓二王暮年书法臻于尽美之境。

〔4〕紧：有坚实之意。

【译文】

袁彦伯（宏）的《咏史》诗，虽然尚未尽美，但鲜明健实，高出于凡俗之作很远了。

晋处士郭泰机[1]　晋常侍顾恺之[2]
宋谢世基[3]　宋参军顾迈[4]
宋参军戴凯诗[5]

泰机"寒女"之制[6]，孤怨宜恨。长康能以二韵答四首之美[7]。世基"横海"[8]，顾迈"鸿飞"[9]。戴凯人实贫羸[10]，而才章富健。观此五子，文虽不多，气调警拔。吾许其进，则鲍照、江淹，未足逮止[11]。越居中品[12]，念日宜哉[13]。

【注释】

〔1〕处士：未仕者之称。　郭泰机：生卒年未详。河南郡（治所洛阳，今属河南）人。出身卑微。曾赠诗与傅咸，抒发其高才而不见用于世的愤懑之情，意欲求傅咸荐举。事未果。

〔2〕顾恺之：生卒年不详。字长康，小字虎头，晋陵无锡（今属江苏）人。晋代著名画家。曾为桓温、殷仲堪参军。义熙（405—418）初，为散骑常侍。

〔3〕谢世基（？—426）：陈郡阳夏（今河南太康）人。谢晦兄子。谢晦谋反，世基牵连被杀。

〔4〕顾迈（？—453）：吴郡（治今江苏苏州）人。曾为扬州刺史始兴王刘浚主簿，又为刘浚征北将军行参军。因事徙广州。南海太守萧简作乱，迈曾为之尽力，乱平被杀。

〔5〕戴凯：生卒年未详。字庆豫，武昌郡（治鄂县，今湖北鄂城）人。曾参与江州刺史晋安王刘子勋叛乱。其为参军事不详，或许是为晋安王

参军。

〔6〕"寒女"之制：指郭泰机《答傅咸》诗。诗有"皎皎白素丝，织为寒女衣。寒女虽妙巧，不得秉杼机"之句。

〔7〕二韵：四句。古直《锺记室诗品笺》以为或即指顾恺之"春水满四泽，夏云多奇峰。秋月扬明辉，冬岭秀孤松"一首。王发国《诗品考索》赞同古说，且云下文"四首"当为"四时"之误。时，古写作旹，与"首"形近致误。其说可从。

〔8〕"横海"：指谢世基临死与谢晦连句所作诗："伟哉横海鳞，壮矣垂天翼。一旦失风水，翻为蝼蚁食。"

〔9〕"鸿飞"：其诗已佚。

〔10〕贫赢：贫弱，指出身低下。

〔11〕"吾许"三句：意谓郭泰机等五人若再有所进步，则达到鲍照、江淹的水平，也并不为难。《论语·述而》："互乡难与言。童子见，门人惑。子曰：'与其进也，不与其退也。唯何甚？'"与，称许、鼓励之意。《后汉书·郭太传》："贾淑，字子厚，林宗（按：郭太字林宗）乡人也。虽世有冠冕，而性险害，邑里患之。林宗遭母忧，淑来修吊。既而钜鹿孙威直亦至。威直以林宗贤而受恶人吊，心怪之，不进而去。林宗追而谢之曰：'贾子厚诚实凶德。然洗心向善，仲尼不逆互乡。故吾许其进也。'淑闻之，改过自厉，终成善士。"逮，及。止，句末助词。日本国立命馆《锺氏诗品疏》："此以鲍照、江淹为比较对象，当以二人均为寒门出身，而又得盛名于当时之故。"（据曹旭《诗品集注》引）

〔12〕"越居"句：谓超次而置于"中品"。韩国李徽教《诗品汇注》："'越居中品'，则仲伟以为此五人诗，稍损'中品'水准。"（据曹旭《诗品集注》引）

〔13〕佥（qiān 签）：皆，都。

【译文】

郭泰机"寒女"之作，孤门怨士，当然要抒发恨苦之情。顾长康（恺之）能以二韵之诗表现四时之美。谢世基有"横海"之诗，顾迈有"鸿飞"之作。戴凯其人贫弱，而才气诗章富盛有力。观这五位作者，诗虽不多，但气概风格精警秀拔。我称许他们，若继续前进的话，则追及鲍照、江淹，也不在话下。现在提拔到"中品"，都说是恰当的。

宋征士陶潜诗[1]

其源出于应璩，又协左思风力。文体省静[2]，殆无长语[3]。笃意真古，辞兴婉惬。每观其文，想其人德。世叹其质直。至如"欢言酌春酒"[4]、"日暮天无云"[5]，风华清靡，岂直为田家语耶[6]？古今隐逸诗人之宗也。

【注释】

〔1〕陶潜(365—427)：字渊明。一说名渊明，字元亮；一说在晋时名渊明，字元亮，入宋后改名潜。浔阳柴桑(今江西九江)人。卒后友人私谥靖节征士。曾祖陶侃，为东晋开国元勋。父早卒，家境渐窘。初仕为江州祭酒，不久即自解而归。后曾至荆州为桓玄属吏，又曾为刘裕参军及江州刺史刘敬宣参军。又为彭泽令，在官仅八十馀日，即弃官还乡。刘裕篡晋代立，渊明当此乱世，隐居之志更坚，乡居二十馀年，不再出仕。晋末，朝廷曾征为著作佐郎，不就。江州刺史王弘欲邀至而不得。入宋，江州刺史檀道济劝其出仕，亦拒之。晚年唯与颜延之交好。元嘉四年冬，以贫病而逝。征士，被朝廷征召的人。

〔2〕省静：即省净，简洁明净。

〔3〕长(zhàng 涨)语：多馀的话。长，多馀。

〔4〕"至如"句：所引诗句见陶潜《读山海经》十三首之一。

〔5〕"日暮"句：见陶潜《拟古》九首之一。

〔6〕田家语：村野人家的话。喻语言之质朴无华。曹睿《诏陈王植》："吾既薄才，至于赋诔特不闲。从儿陵上还，哀怀未散，作儿诔，

为田家公语耳。"按：以"田家"、"田舍"喻朴野无文，乃六朝人常语。如《世说新语·文学》："殷中军尝至刘尹所清言。良久，殷理小屈，游辞不已，刘亦不复答。殷去后，乃云：'田舍儿，强学人作尔馨语。'"同书《品藻》："宋祎曾为王大将军（王敦）妾，后属谢镇西（谢尚）。镇西问祎：'我何如王?'答曰：'王比使君，田舍、贵人耳!'镇西妖冶故也。"又："刘尹（刘惔）云：'人言江虨田舍，江乃自田宅屯。'"同书《豪爽》："王大将军年少时，旧有田舍名，语音亦楚。"

【译文】

其诗源出于应璩，又协合以左思之风力。诗风简练清朗，几乎没有多馀的话。其深心厚意在于真淳古朴，文辞的意兴和婉而愉悦。每读他的诗，便想象他的德行风范。世人叹惜其诗质朴率直。至于像"欢言酌春酒"、"日暮天无云"，风采清丽，难道只是田家公的话吗？他是古今隐逸诗人的宗师。

宋光禄大夫颜延之诗[1]

其源出于陆机。故尚巧似。体裁绮密[2]，情喻渊深[3]。动无虚发[4]，一句一字，皆致意焉。又喜用古事，弥见拘束。虽乖秀逸[5]，故是经纶文雅[6]。才减若人[7]，则陷于困踬矣[8]。汤惠休曰[9]："谢诗如芙蓉出水，颜诗如错彩镂金。"颜终身病之。

【注释】

〔1〕颜延之(384—456)：字延年，琅琊临沂(今属山东)人。东晋末入仕，宋时曾为太子舍人、始安太守、永嘉太守、国子祭酒、秘书监等，官至金紫光禄大夫，谥宪子，故世称颜光禄、颜宪子。与陶渊明交好。渊明卒后，为作《陶征士诔》。

〔2〕体裁：体貌风裁，指诗之风貌而言。　绮密：组织精密。参"上品"陆机条"不贵绮错"注。

〔3〕情喻：情意。

〔4〕"动无"句：谓其诗处处都刻意经营，不轻轻放过。动，举动。此指动笔。

〔5〕乖：不合。　秀逸：秀出，超逸。此指诗句警拔出众。

〔6〕故：犹"固"，确实。　经纶：原指整理、编织丝缕。后引用为筹划、治理国家大事。此用以喻颜诗雍容典雅的风貌。

〔7〕若：此。

〔8〕踬(zhì质)：跌倒。

〔9〕汤惠休：南朝宋诗人，见本书"下品·齐惠休上人"。

【译文】

　　其诗源出于陆机。喜好体物工巧。其诗组织精密，意旨深隐。每一动笔，都不肯轻易。一句一字，都加意为之。又喜欢运用典故，更显得拘束。虽然不能秀拔出众，但确是雍容典雅。若文才不如此人，就会陷于困顿难行之境了。汤惠休说："谢灵运诗如芙蓉秀出水面；颜延之诗如错比彩色，雕镂金器。"颜延之终身为之不快。

宋豫章太守谢瞻^[1] 宋仆射谢混^[2]
宋太尉袁淑^[3] 宋征君王微^[4]
宋征虏将军王僧达诗^[5]

其源出于张华。才力苦弱，故务其清浅^[6]，殊得风流媚趣^[7]。课其实录^[8]，则豫章、仆射，宜分庭抗礼^[9]。征君、太尉，可托乘后车^[10]。征虏卓卓，殆欲度骅骝前^[11]。

【注释】

〔1〕谢瞻(383？—421)：字宣远；一说名檐，字通远。陈郡阳夏(今河南太康)人。谢灵运族兄。宋时曾为豫章太守。豫章，郡名，治南昌(今属江西)。

〔2〕谢混(？—412)：字叔源，小字益寿。陈郡阳夏(今河南太康)人。谢安之孙，谢灵运族叔。少有美誉，为晋孝武帝女婿。曾为中书令、中领军、尚书左仆射等职。因与刘毅交密，为刘裕所杀。 宋仆射：谢混卒于晋末，应作"晋仆射"。

〔3〕袁淑(408—453)：字阳源，陈郡阳夏(今河南太康)人。曾为尚书吏部郎、御史中丞、太子左卫率等。因不从刘劭篡弑之谋，被杀。宋孝武帝刘骏即位，追赠侍中、太尉，谥忠宪。

〔4〕征君：经朝廷征召而不至者，称征士，尊称之则曰征君。 王微(415—453)：字景玄，琅琊临沂(今属山东)人。曾为太子中舍人、始兴王友等职。不乐仕进，父卒后即不再出仕，屡征不就。

〔5〕王僧达(423—458)：琅琊临沂(今属山东)人。曾为征虏将军、

吴郡太守、中书令等。被陷下狱死。

〔6〕"才力"二句：古人所谓才力大，有善于大量地组织、调遣词藻之意，而词藻繁密则往往意旨深隐；反之，才力小，则可能与清朗、精简相关联。如《世说新语·赏誉》："王恭有清辞简旨，能叙说，而读书少，颇有重出。"注引《中兴书》："恭才虽不多，而清辨过人。"又刘勰《文心雕龙·镕裁》："士衡才优，而缀辞尤繁；士龙思劣，而雅好清省。"又《才略》："陆机才欲窥深，辞务索广，故思能入巧，而不制繁；士龙朗练，以识检乱，故能布采鲜净，敏于短篇。"谢瞻诸人，钟嵘以为出于张华。陆云《与兄书》评张华作品云："无他异，正自情(疑当作"清")省，无烦长。"是谢瞻诸人之"务其清浅"，亦正与张华之"清省无烦长"相似。参见"上品"陆机条"张公叹其大才"注、潘岳条"故叹陆为深"注。

〔7〕媚：多见于南朝人论书法作品。《法书要录》载宋虞龢《论书表》："(王)献之始学父书，正体乃不相似；至于绝笔章草，殊相拟类，笔迹流怿，宛转妍媚，乃欲过之。"又宋羊欣《古来能书人名》："王献之……骨势不及父，而媚趣过之。"(《晋书·王献之传》作"献之骨力远不及父，而颇有媚趣。")又齐王僧虔《论书》："郗超草书……紧媚过其父，骨力不及也。""萧思话全法羊欣，风流趣好(唐张怀瓘《书断·能品》引作"风流媚态")，殆当不减，而笔力恨弱。"又梁武帝《答陶隐居书》："《太师箴》小复方媚，笔力过嫩。"《又答书》："纯骨无媚，纯肉无力。"观以上诸例，"媚"多与骨力、笔力相对待而言，当指圆转流利丰润之美(参王运熙师《魏晋南北朝文学批评史·钟嵘〈诗品〉》)。

〔8〕课：考察。 实录：合乎事实的记载。此指实情、实际。

〔9〕分庭抗礼：原指以平等之礼节相见，喻双方不相上下。《庄子·渔父》："万乘之主，千乘之君，见夫子，未尝不分庭伉礼。"抗、伉通。有相对当、相匹敌之意。

〔10〕后车：随从之车。此句喻王微、袁淑之诗与谢瞻、谢混诗同流而略微次之。

〔11〕"殆欲"句：齐王僧虔《论书》："亡从祖中书令(王)珉，笔力过于子敬书。……子敬戏云：'弟书如骑骡骎骎，恒欲度骅骝前。'"按：王珉与王献之(子敬)同出于晋光禄大夫王览，王珉为献之族弟。献之颇自重其书，其语殆以骅骝自比。王微、王僧达同出于晋尚书令王珣(即王珉之兄)。僧达于微为从弟。而作《论书》引用王献之语的王僧虔，又正是王微、王僧达之从弟。故钟嵘此处借用王献之语，实非偶然，所言应亦指王氏家族中事。其意殆以王僧达与从兄王微相比，云僧达欲

度于王微之前，并非泛言王僧达欲度于谢瞻等人之前。谢混、谢瞻才名甚高，锺嵘当不至于以为王僧达可与之相抗。殆，几乎。度，超过。骅骝，骏马。

【译文】

其诗源出于张华。苦于才力短弱，所以致力于清朗浅净，很有流美妍媚的风度趣味。究其实情，则谢瞻、谢混，应是不相上下。王微、袁淑，可以置身于随行的车上。王僧达不同凡响，大约想要赶超于骏马之前。

宋法曹参军谢惠连诗[1]

小谢才思富捷[2]，恨其兰玉夙凋[3]，故长辔未骋[4]。《秋怀》《捣衣》之作，虽复灵运锐思，亦何以加焉。又工为绮丽歌谣，风人第一[5]。《谢氏家录》云，康乐每对惠连[6]，辄得佳语。后在永嘉西堂[7]，思诗竟日不就[8]。寤寐间，忽见惠连，即成"池塘生春草"[9]。故常云："此语有神助，非吾语也。"

【注释】

〔1〕谢惠连(407—433)：陈郡阳夏(今河南太康)人。谢灵运族弟。少有才学，甚为灵运所知赏。曾为彭城王刘义康法曹参军。

〔2〕小谢：指谢惠连，相对于其族兄谢灵运而言。 富捷：一作"富健"。

〔3〕兰玉：芝兰玉树，喻佳子弟。《世说新说·言语》："谢太傅(安)问诸子侄：'子弟亦何预人事，而正欲使其佳？'诸人莫有言者。车骑(谢玄)答曰：'譬如芝兰玉树，欲使其生于阶庭耳。'" 夙：早。

〔4〕长辔(pèi 配)：喻善于驾马。辔，马缰绳。

〔5〕"又工为"二句：谢惠连"绮丽歌谣"之作，今已失传。萧纲有《戏作谢惠连体》诗，流丽谐美，可以仿佛。(参曹道衡、沈玉成《中古文学史料丛考》卷三"谢惠连体") 风人：指民间歌谣。本书"下品·齐朝请吴迈远"："吴善于风人答赠。"又徐陵《玉台新咏序》："曾无参于《雅》《颂》，亦靡滥于风人。"唐人王睿《炙毂子录》"序乐府"："风人，梁简文帝谓之风人，陈江总谓之吴歌。"又云："其文尽帷

薄亵情；上句述一语，用下句释之以成云。"指南朝民歌多述男女之情、又多用谐音双关语而言。

〔6〕康乐：指谢灵运。谢灵运袭封康乐公，入宋，降爵为侯。

〔7〕永嘉：郡名，治永宁（今浙江温州）。谢灵运曾为永嘉太守。

〔8〕竟日：终日。

〔9〕"即成"句：引诗为谢灵运《登池上楼》中句。

【译文】

　　小谢才思富盛敏捷，遗憾的是兰玉之质早早凋亡，因此有善驭之才而未及驰骋。《秋怀》《捣衣》之作，即使灵运精思，也怎么能超过呢。又善于写作绮丽的歌谣，风人诗体，首屈一指。《谢氏家录》说：康乐每次与惠连见面相对，便得佳句。后来他在永嘉郡斋西堂，构思诗句终日不成。半醒半睡之际，忽然看到惠连，便吟成"池塘生春草"之句。因此常说："这句诗有神助，不是我自己的话。"

宋参军鲍照诗[1]

其源出于二张[2]。善制形状写物之词[3]。得景阳之诐诡[4]，含茂先之靡嫚[5]。骨节强于谢混，驱迈疾于颜延[6]。总四家而擅美[7]，跨两代而孤出[8]。嗟其才秀人微，故取湮当代。然贵尚巧似，不避危仄[9]，颇伤清雅之调。故言险俗者[10]，多以附照。

【注释】

〔1〕鲍照(414？—466)：字明远，东海郡(治郯县，今江苏郯城北)人。出身寒微。献诗于临川王刘义庆，擢为国侍郎。又曾为始兴王刘浚侍郎、太学博士兼中书舍人、秣陵令、永嘉令等。后为临海王刘子顼掾属，随往荆州，任前军刑狱参军事。子顼参与宋王室内部争斗，兵败被杀，鲍照亦为乱军所害。

〔2〕二张：指张华、张协。

〔3〕形状：描绘物状。形，形容，描写。

〔4〕诐诡(chù guǐ 处轨)：奇警出众。

〔5〕靡嫚：即靡曼，靡丽。美丽之意。

〔6〕颜延：即颜延之。

〔7〕四家：指二张、谢混、颜延之。 擅：专。

〔8〕两代：指四家所在的晋、宋两朝。 孤出：与擅美均言鲍照秀出于同时作者之上。

〔9〕危仄(zè 则去)：形容诗语过于奇特怪异，给人以紧张不安之感。仄，倾侧。

〔10〕险俗：怪异不常曰险，与上文"危仄"相通。此种风格与典雅平和相反，富于刺激性，易为俗众所喜好，故曰俗。萧子显《南齐书·文学传论》："次则发唱惊挺，操调险急，雕藻淫艳，倾炫心魂，亦犹五色之有红紫，八音之有郑卫：斯鲍照之遗烈也。"亦言其险俗。

【译文】

其诗源出于张华、张协。善于制作描写物状之词。得到张协的奇警，含有张华的美丽。骨力比谢混坚强，驱奔比颜延之快疾。汇总四家而专美，跨越两代而秀出。可叹他才华出众却地位卑微，因而被湮没于当时。不过他崇尚巧似，不避倾侧不安，对清朗典雅的风调颇有损伤。因此谈论险俗流派的人，多以之比附于鲍照。

齐吏部谢朓诗[1]

其源出于谢混。微伤细密，颇在不伦[2]。一章之中，自有玉石[3]，然奇章秀句，往往警遒。足使叔源失步，明远变色。善自发诗端，而末篇多踬。此意锐而才弱也。至为后进士子之所嗟慕[4]。朓极与余论诗，感激顿挫过其文[5]。

【注释】

〔1〕谢朓(464—499)：字玄晖，陈郡阳夏(今河南太康)人。与谢灵运同族。曾为随王萧子隆文学，随往荆州，以文才特见赏爱。又为骠骑大将军萧鸾谘议，领记室。后又曾为宣城太守、尚书吏部郎。因不愿参与萧遥光篡夺阴谋，被陷下狱死。

〔2〕"颇在"句：谓谢朓诗略有优劣不齐之处。颇，略，稍微。不伦，不齐，不一样。《尚书序》："至于夏商周之书，虽设教不伦，雅诰奥义，其归一揆。"王僧虔《论书》："谢灵运书乃不伦，遇其合时，亦得入流。"(参萧华荣《后出转精，平实稳妥——曹旭〈诗品集注〉评议》)

〔3〕自：虽然。

〔4〕至：极，非常。

〔5〕感激：激动。　顿挫：指情感、语气之抑扬起伏。

【译文】

其诗源出于谢混。稍嫌细碎繁密，高下优劣，略有不齐。一章之中，虽有玉石相杂，然而奇拔杰出的诗句，常常警策美好。
足可使谢混惊失步态，鲍照改变容色。他的诗擅长发端，而篇末
却多困顿。这就是文思敏锐而才力疲弱的表现。极为后进之士所
叹赏仰慕。谢朓曾很投入地与我论诗，感慨激动超过了他的诗作。

梁光禄江淹诗[1]

文通诗体总杂[2]，善于摹拟。筋力于王微，成就于谢朓[3]。初，淹罢宣城郡[4]，遂宿冶亭[5]。梦一美丈夫，自称郭璞，谓淹曰："吾有笔在卿处多年矣，可以见还。"淹探怀中，得一五色笔以授之。尔后为诗，不复成语。故世传江淹才尽。

【注释】

〔1〕江淹(444—505)：字文通，济阳考城(今河南民权东北)人。少孤贫好学。宋时曾为建平王刘景素参军，因事触怒景素，黜为建安吴兴令。宋末为萧道成骠骑参军，佐道成代宋自立，受到重用。齐时曾为中书侍郎、宣城太守、秘书监等。入梁，官至金紫光禄大夫。

〔2〕总杂：众多而杂，不纯一。总，众多，聚合。

〔3〕"成就"句：谓江淹诗体貌的形成，其中有谢朓诗风的成分。按：此句及上句皆费解。江淹行辈高于谢朓，且其创作成就，在刘宋、宋齐之际，亦早于谢朓。所谓"成就于谢朓"，大约只是将二人体貌加以比较，谓江诗中亦有谢诗那种风貌，而不是说江淹学习谢朓、江淹诗出于谢朓；只是比较二人诗风之同异，而不考虑其时代之先后。一说此句连上句当释为："江淹诗歌的'筋力'得自王微，而江淹诗歌所具有的那种体貌至谢朓才臻于完善，获得更高的成就。"(见邬国平《锺嵘〈诗品〉注释辨证》)

〔4〕宣城郡：治宛陵(今安徽宣城)。《梁书·江淹传》云江淹出为宣城郡太守在齐明帝时，在郡四年，还为黄门侍郎、领步兵校尉。

〔5〕冶亭：建康有冶城，故址在今南京市朝天宫附近。本吴铸冶之地，故名。冶亭在冶城。

【译文】

江文通（淹）诗的体貌众杂不一，善于摹拟。其筋骨体力有似于王微，而其体貌之形成也具有类似谢朓那样的风格。当初江淹自宣城太守卸任还建康，遂宿于冶亭，梦见一位美男子，自称郭璞，对江淹说："我有笔在您那儿多年了，该把它还给我。"江淹探索怀中，摸到一支五色彩笔交给那位男子。此后他作诗，再也不成话了，因此世人传语"江淹才尽"。

梁卫将军范云^{〔1〕}　梁中书郎丘迟诗^{〔2〕}

范诗清便宛转^{〔3〕}，如流风回雪。丘诗点缀映媚，似落花依草。故当浅于江淹^{〔4〕}，而秀于任昉。

【注释】

〔1〕范云(451—503)：字彦龙，南乡舞阴(今河南泌阳西北)人。齐时曾为零陵内史等。萧衍代齐，为佐命功臣。梁时为吏部尚书、尚书右仆射等，卒赠侍中、卫将军。

〔2〕丘迟(464—508)：字希范，吴兴乌程(今浙江吴兴)人。齐时任太学博士、车骑录事参军等职，入梁，曾为中书郎、司徒从事中郎等。

〔3〕便(piān 篇)：闲雅美好貌。　宛转：委婉曲折貌。

〔4〕故当：当，应该。

【译文】

范云诗清朗娴美，宛转多姿，犹如流风回转着雪花。丘迟诗点缀映衬，妩媚动人，好似落花依附着草地。应是比江淹清浅，而比任昉秀异。

梁太常任昉诗[1]

彦升少年为诗不工，故世称"沈诗任笔"[2]，昉深恨之。晚节爱好既笃，文亦遒变。善铨事理[3]，拓体渊雅[4]，得国士之风。故擢居中品。但昉既博学，动辄用事，所以诗不得奇。少年士子，效其如此，弊矣。

【注释】

〔1〕任昉(460—508)：字彦升，乐安博昌(今山东寿光)人。齐永明中曾为卫将军王俭丹阳尹主簿、竟陵王萧子良参军。萧衍代齐之际，为其记室参军，专主文翰，禅让文诰等多出其手。入梁，曾为秘书监、新安太守等。卒赠太常，谥敬子。

〔2〕沈诗任笔：意谓沈约擅长作诗，任昉擅长为笔。笔，指诏诰表奏之类公家文书。南朝人称押脚韵的作品(诗赋等)为文，不押脚韵的作品为笔。

〔3〕铨：衡量评说。

〔4〕拓：开拓。

【译文】

任彦升少年时作诗不工，因此世人说"沈诗任笔"，任昉深以为憾。晚来爱好既深，诗亦尽变。善于评说事理，开拓体貌深沉文雅，有一国之名士的风度。因此提升于"中品"。只是任昉学问既广博，便动不动运用典故，所以其诗不可能奇逸秀异。少年士子，若效法他这样，便坏事了。

梁左光禄沈约诗[1]

观休文众制，五言最优。详其文体，察其馀论[2]，固知宪章鲍明远也[3]。所以不闲于经纶[4]，而长于清怨。永明相王爱文[5]，王元长、约等，皆宗附之[6]。于时谢朓未遒，江淹才尽，范云名级又微[7]，故约称独步。虽文不至，其工丽亦一时之选也[8]。见重闾里，诵咏成音。嵘谓约所著既多，今剪除淫杂[9]，收其精要，允为中品之第矣[10]。故当词密于范，意浅于江也。

【注释】

〔1〕沈约（441—513）：字休文，吴兴武康（今浙江德清）人。齐时曾为太子家令、东阳太守、国子祭酒等职。助萧衍即帝位，建立梁朝。官至尚书令，领太子少傅，转左光禄大夫。长于诗文，身为名公巨卿，又喜奖掖后进，故为当时文坛领袖。提倡声律之说，为文学史上重要事件。

〔2〕馀论：对他人议论的敬辞，犹言宏论。

〔3〕宪章：效法；以之为法则。

〔4〕经纶：指雍容典雅的诗作。参见"中品"颜延之条"故是经纶文雅"注。

〔5〕永明相王：指萧子良。子良，齐武帝萧赜次子，封竟陵郡王，永明间为司徒、侍中，其任相当于宰相，故称相王。《南齐书·武十七王传》："子良少有清尚。礼才好士，居不疑之地，倾意宾客，天下才学皆游集焉。……士子文章及朝贵辞翰，皆发教撰录。"又《梁书·武帝本纪》："竟陵王子良开西邸，招文学，高祖（萧衍）与沈约、谢朓、王

融、萧琛、范云、任昉、陆倕等并游焉，号曰八友。"又据《金楼子·说蕃》，江淹亦为萧子良所礼遇。

〔6〕"王元长"二句：原作"王元长等皆宗附之约"，曹旭《诗品集注》据韩国车柱环《锺嵘诗品校证》说改。王元长，王融字元长。

〔7〕名级：名声，地位。永明间范云为萧子良记室参军等，官位尚不显赫。

〔8〕选：《诗·齐风·猗嗟》"舞则选兮"郑笺："选者，谓于伦等最上。"

〔9〕淫：滥，不合度。

〔10〕允：确实。

【译文】

看沈休文诸种制作，五言诗最为优秀。细味其诗的体貌，考察其宏论，确知是以鲍明远为典范的。所以于雍容典雅之作并不熟练，而擅长于清朗哀怨的风调。永明相王萧子良爱好文章学问，王元长、沈约等都宗奉依附于他。其时谢朓创作未达巅峰，江淹才能已尽，范云名望地位又低微，故而沈约称为独步当时。虽然诗不是极佳，但其精工华丽也是一时之最。为里巷间所重视，流布于人口。我说沈约所作既多，现在剪除淫滥芜杂，收取其精彩重要之作，确该属于"中品"的等第了。应是词藻比范云繁密，意旨比江淹浅明的。

诗品下

　　序曰：昔曹、刘殆文章之圣，陆、谢为体贰之才[1]。锐精研思，千百年中，而不闻宫商之辨[2]、四声之论[3]。或谓前达偶然不见[4]，岂其然乎？尝试言之：古曰诗颂，皆被之金竹[5]，故非调五音[6]，无以谐会。若"置酒高殿上"[7]、"明月照高楼"[8]，为韵之首[9]。故三祖之词[10]，文或不工，而韵入歌唱。此重音韵之义也，与世之言宫商异矣。今既不被于管弦，亦何取于声律耶[11]？齐有王元长者，常谓余云："宫商与二仪俱生[12]，自古词人不知用之。唯颜宪子论文[13]，乃云'律吕音调'[14]，而其实大谬。唯见范晔、谢庄[15]，颇识之耳。"常欲造《知音论》，未就而卒。王元长创其首，谢朓、沈约扬其波。三贤咸贵公子孙，幼有文辨。于是士流景慕，务为精密，襞绩细微[16]，专相凌架。故使文多拘忌，伤其真美。余谓文制本须讽读，不可蹇碍[17]。但令清浊通流[18]，口吻调利，斯为足矣。至如平上去入，则余病未能；蜂腰、鹤膝，闾里已具[19]。

【注释】

　　〔1〕"昔曹刘"二句：谓曹植、刘桢为诗中圣人，陆机、谢灵运为贤人。体贰，即"体二"，"贰"借作"二"。《老子》四十二章："道生一，一生二。"体二略亚于得一。李康《运命论》："孟轲、孙卿，体二希圣。"谢灵运《答王卫军问》："颜子体二，未及于照。"沈约《宋书·隐

逸传·序》："藏往得二，邻亚宗极。"皆以体二、得二为贤人之称。

〔2〕宫商之辨：指辨别字的读音。宫、商、角、徵、羽原是音乐术语，指五声音阶。而南朝人言诗文声律，常以宫、商、角、徵、羽指说字音。如范晔《狱中与诸甥侄书》："性别宫商，识清浊。"沈约《宋书·谢灵运传论》："欲使宫羽相变，低昂互节。"四声之说起，即以指说或比附四声。如北齐李概《音韵决疑序》即以五音与四声相配（见《文镜秘府论·天卷·四声论》引）。

〔3〕四声：汉语音节的平、上、去、入四种声调。《文镜秘府论·天卷》引隋刘善经《四声指归》："宋末以来，始有四声之目。沈氏（沈约）乃著其《谱论》，云起自周颙。"

〔4〕前达：前贤。 偶然不见：如《宋书·谢灵运传论》云："自《骚》人以来，此秘未睹。至于高言妙句，音韵天成，皆暗与理合，匪由思至。"

〔5〕金竹：代指乐器、音乐。古以金、石、土、木、革、匏、丝、竹为八音。

〔6〕五音：宫、商、角、徵、羽五音阶。

〔7〕"置酒"句：曹植《箜篌引》诗句。其诗曾配乐歌唱，属《相和歌》，《宋书·乐志》列于《大曲》，王僧虔《技录》列于《瑟调》。按：此句一作"置酒高堂上"，乃阮瑀《杂诗》诗句，误。或以为"高堂"句平仄调协，"高殿"则平仄不调，故应是"高堂"。其说恐亦非是。钟嵘下文云"为韵之首"，乃谓其诗适合配乐演唱，为歌辞中的第一流，并非就句中用字之平仄而言，更非单就此一句而言。

〔8〕"明月"句：曹植《七哀》诗句。其曲属《相和歌》，《宋书·乐志》、王僧虔《技录》均列于《楚调》。按：此句与上句均以诗之首句代指全诗。

〔9〕韵：指歌辞的音乐性，但非指对四声的讲求，而是指歌辞适合于配器。下文"韵入歌唱"、"重音韵"之"韵"、"音韵"亦同。按：《出三藏记集》卷一四《鸠摩罗什传》："天竺国俗甚重文藻，其宫商体韵，以入弦为善。凡觐国王，必有赞德；见佛之仪，以歌叹为尊。经中偈颂，皆其式也。"谓古印度文辞，多能配乐歌唱。钟嵘此处所说的"韵入歌唱"，与鸠摩罗什所谓"宫商体韵，以入弦为善"同义。

〔10〕三祖：指魏武帝曹操、文帝曹丕、明帝曹睿。《三国志·魏志·明帝纪》："（景初元年）有司奏：武皇帝拨乱反正，为魏太祖……文皇帝应天受命，为魏高祖……帝制作兴治，为魏烈祖。……三祖之庙，万世不毁。"

〔11〕"亦何"句：意谓又何必谈论声律宫商呢。

〔12〕二仪：指天地。

〔13〕颜宪子：颜延年卒后谥宪子。

〔14〕律吕：古人以竹或金属制成十二根长短不同的管子，以发出十二个不同高度的音，其中六个音合称为律，六个合称为吕。故亦以"律吕"指称音律。

〔15〕范晔、谢庄：均为南朝宋文学家。本书皆列于"下品"。

〔16〕襞绩：原指裙上的褶子。此喻细密的装饰。

〔17〕蹇(jiǎn 检)：跛行。此喻滞涩不畅。

〔18〕清浊：指两类不同的字音。如范晔《狱中与诸甥侄书》："性别宫商，识清浊，斯自然也。"但其具体的含义不明。

〔19〕"至如"四句：当是互文、倒装之句。意谓四声、八病之说，虽已风行于里巷民间，但我则不能随俗奉行。蜂腰、鹤膝，沈约等人认为写作诗文时应该避免八种声病，其中两种为蜂腰、鹤膝。此处代指诸种声病。据《文镜秘府论》，蜂腰指五言诗一句之内第二、第五字同声调，鹤膝指五言诗第五字(第一句末)与第十五字(第三句末)同声调。

【译文】

序曰：往昔曹植、刘桢大概是文章之圣人，陆机、谢灵运是略次圣人之贤才。集中精力，深入钻研，千百年之内，却不曾听说有宫声商声的辨别、平上去入四声的讨论。有人说是前贤偶然未见及此，难道是这样么？试谈论一下这个问题：古时所说诗颂，都配着乐器歌唱，因此不调协五音，便不能和谐。比如"置酒高殿上"、"明月照高楼"二诗，便是富于音乐性的最佳作品。因此，曹氏三祖所作的歌词，文辞或许并不精工，但却富于音乐性，适合于歌唱。这就是所谓看重音韵的意思，与当今世人的谈论宫商不是一回事了。如今做诗既不配着乐器歌唱，那又要声律干什么呢？齐世有位王元长，曾对我说："宫商与天地二仪并生，自古以来作者不懂得运用它们。只有颜延年论文，才说'律吕音调'，而其实大谬不然。所见者只有范晔、谢庄，略微懂得罢了。"他曾打算作《知音论》，未写成便逝世了。王元长开了头，谢朓、沈约推波助澜。三位都是贵族子孙，从小就有文才，聪明辨达。于是士人们仰慕他们，做诗务求精密，繁琐细微，一心压倒别人。

因此使得文章多拘束忌讳，损害了它的自然美好。我认为文章本来是要诵读的，不可阻塞滞涩；只要让音调清浊畅达，念起来调和流利，这就足够了。至于平上去入，那我可不行，虽说蜂腰、鹤膝的议论，已遍及闾里民间了。

　　陈思赠弟[1]，仲宣《七哀》，公幹思友[2]，阮籍《咏怀》，子卿"双凫"[3]，叔夜"双鸾"[4]，茂先寒夕[5]，平叔衣单[6]，安仁倦暑[7]，景阳苦雨[8]，灵运《邺中》[9]，士衡《拟古》，越石感乱[10]，景纯咏仙[11]，王微风月[12]，谢客山泉[13]，叔源离宴[14]，鲍照戍边[15]，太冲《咏史》，颜延入洛[16]，陶公咏贫之制[17]，惠连《捣衣》之作[18]，斯皆五言之警策者也。所谓篇章之珠泽[19]，文采之邓林[20]。

【注释】

　　[1]陈思赠弟：曹植封陈思王，见本书"上品"。赠弟，指曹植《赠白马王彪》。

　　[2]公幹思友：刘桢字公幹，见本书"上品"。思友，当指刘桢《赠徐幹》。诗云："思子沉心曲，长叹不能言。"

　　[3]子卿：西汉苏武字子卿，但《诗品》三品俱不列其名，故注家或疑为"少卿"之误。少卿，李陵字。　双凫：今传李陵诗有云"双凫相背飞，相远日已长"，又有"双凫俱北飞，一凫独南翔"，而后两句一作苏武诗。

　　[4]叔夜"双鸾"：嵇康字叔夜，见本书"中品"。其《赠秀才》首句为"双鸾匿景耀"。

　　[5]茂先：张华字茂先，见本书"中品"。　寒夕：可能指张华《杂诗》，诗中有"繁霜降当夕，悲风中夜兴"、"重衾无暖气，挟纩如怀冰"等句。

　　[6]平叔：何晏字平叔，见本书"中品"。　衣单：其诗已佚。

　　[7]安仁：潘岳字安仁，见本书"上品"。　倦暑：潘岳《在怀县作》二首作于盛暑，而有倦游怀归之意，故曰"倦暑"。

〔8〕景阳：张协字景阳，见本书"上品"。　苦雨：张协《杂诗》多写雨景。"虽无箕毕期，肤寸自成霖"（其九）、"洪潦浩方割，人怀昏垫情"（其十）等句写出大雨、久雨成灾的景况，故曰"苦雨"。

〔9〕灵运《邺中》：指谢灵运《拟魏太子邺中集》诗。

〔10〕越石：刘琨字越石，见本书"中品"。　感乱：刘琨《扶风歌》、《重赠卢谌》，皆感念战乱之作。

〔11〕景纯：郭璞字景纯，见本书"中品"。　咏仙：指郭璞《游仙》诗。

〔12〕王微：见本书"中品"。其描绘风月之作已佚。

〔13〕谢客山泉：指谢灵运的山水诗。但上文已云"灵运《邺中》"，此处不应重复其人。待考。

〔14〕叔源：谢混字叔源，见本书"中品"。　离宴：可能指谢混《送二王在领军府集》诗（今仅存佚句）。

〔15〕鲍照戍边：鲍照颇多边塞戎旅之作。如《代陈思王白马篇》云："埋身守汉境，沉命对胡封。……但令塞上儿，知我独为雄。"

〔16〕颜延入洛：指颜延年《北使洛》。

〔17〕"陶公"句：指陶渊明歌咏贫居生活之作，其以《咏贫士》为题者有七首。

〔18〕惠连《捣衣》之作：见本书"中品"谢惠连条。

〔19〕珠泽：《穆天子传》卷二："天子北征，舍于珠泽。"郭璞注："此泽出珠，因名之云。"此喻文采荟萃。

〔20〕邓林：即桃林，邓、桃音相近（据清人毕沅说）。典出《山海经·海外北经》："夸父与日逐走……道渴而死。弃其杖，化为邓林。"又，《列子·汤问》亦载其事，云邓林"弥广数千里焉"。

【译文】

曹植的赠弟诗，王粲的《七哀》诗，刘桢的思友诗，阮籍的《咏怀》诗，子卿的"双凫"诗，嵇康的"双鸾"诗，张华咏寒夕之诗，何晏咏衣单之作，潘岳的倦暑诗，张协的苦雨诗，谢灵运的《拟魏太子邺中集》诗，陆机的《拟古》诗，刘琨的感乱诗，郭璞的《游仙》诗，王微的风月诗，谢灵运的山泉诗，谢混的离宴诗，鲍照的戍边诗，左思的《咏史》诗，颜延年的入洛诗，陶渊明咏贫之制，谢惠连《捣衣》之作，这些都是五言诗中精警动人的作品。所谓诗章之明珠荟萃，文采之桃花满林。

汉令史班固[1]　汉孝廉郦炎[2]　汉上计赵壹[3]

孟坚才流，而老于掌故[4]。观其《咏史》，有感叹之词[5]。文胜托咏"灵芝"[6]，怀寄不浅。元叔散愤"兰蕙"，指斥"囊钱"[7]，苦言切句，良亦勤矣[8]。斯人也而有斯困[9]，悲夫！

【注释】

〔1〕班固（32—92）：字孟坚，扶风安陵（今陕西咸阳东北）人。东汉明帝时召为兰台令史，迁为郎，整理国家藏书。继承父志，以二十馀年之力，大体修成《汉书》。曾随窦宪征匈奴。后窦宪被杀，牵连下狱死。

〔2〕孝廉：汉代选举人才的科目，始置于汉武帝时。初为孝、廉两科，后合为一科。郦炎《遗令书》："陈留韩府君察我孝廉。"　郦炎（150—178）：字文胜，范阳（今河北定兴西南）人。灵帝时诸州郡屡次征召，皆不就。后精神失常，其妻惊怖而死。妻家告官，被收下狱死。

〔3〕上计：指上计吏，参"中品"秦嘉条注。　赵壹：生卒年未详。字元叔，汉阳西县（今甘肃天水西南）人。灵帝时为上计吏至洛阳，为羊陟等人所礼重，名动京师。后西还，公府屡次辟召，皆不就。

〔4〕掌故：谓执掌故书典籍。班固一生以校书、著史为务，长期出入禁中图书府库，故云"老于掌故"。一说，"老"谓娴熟，"掌故"泛指旧事、史实。

〔5〕"观其"二句：班固《咏史》咏汉文帝时缇萦救父事。钟嵘所谓"感叹之词"，大约指"百男何愦愦，不如一缇萦"等句。班固下狱与其子不遵法度有关，故有此感慨（参郑文《汉诗研究》、王发国《诗品考索》）。

〔6〕灵芝：郦炎《见志诗》有云："灵芝生河洲，动摇因洪波。兰荣一何晚，严霜瘁其柯。"借以抒发贤士不遇之感。

〔7〕"元叔"二句：赵壹《刺世疾邪赋》中鲁生歌云："被褐怀金玉，兰蕙化为刍。"又秦客诗："文籍虽满腹，不如一囊钱。"指斥，直接指说。

〔8〕良：确实。　勤：忧苦。

〔9〕"斯人"句：套用《论语·雍也》句式："伯牛有疾，子问之，自牖执手，曰：'亡之，命亦夫！斯人也而有斯疾也！'"按：鲁生歌末云："哀哉复哀哉，此是命亦夫！"亦借用孔子语，锺嵘或由此而生联想。

【译文】

　　班孟坚乃才子之流，毕生整理、执掌故书典籍。观其《咏史》诗，有感叹之词。郦文胜咏"灵芝"以托意，寄托的怀抱不浅。赵元叔舒散愤懑于"兰蕙"之诗，直指世态以"囊钱"之句，痛切的诗句，确实也很忧苦的了。这样的人却有这样的困苦，可悲啊！

魏武帝[1] 魏明帝[2]

曹公古直，甚有悲凉之句。睿不如丕，亦称三祖[3]。

【注释】

〔1〕魏武帝：即曹操（155—220），字孟德，沛国谯（今安徽亳县）人。乘汉末动乱之际，挟天子以令诸侯，统一北方。为丞相，封魏王。其子曹丕称帝后，追尊为武皇帝。

〔2〕魏明帝：即曹睿（204—239），字元仲，曹操孙，曹丕子。黄初七年（226）曹丕死，继立为帝。

〔3〕三祖：指曹操、曹丕、曹睿。参《下品序》"故三祖之词"注。

【译文】

曹公诗古朴质直，很有悲凉之句。曹睿不如曹丕，也一起被称为"三祖"。

魏白马王彪^{〔1〕}　魏文学徐幹^{〔2〕}

　　白马与陈思答赠^{〔3〕}，伟长与公幹往复^{〔4〕}，虽曰以莛扣钟^{〔5〕}，亦能闲雅矣。

【注释】

　　〔1〕白马王彪：即曹彪（195—251），字朱虎，曹丕、曹植之异母弟。文帝黄初年间，徙封为白马王，后又改封楚王。齐王曹芳嘉平初，兖州刺史令狐愚、太尉王凌谋反，欲迎立彪。事败，彪自杀。白马，县名，属东郡，在今河南滑县东。

　　〔2〕徐幹（170—217）：字伟长，北海剧（今山东昌乐西）人。董卓作乱，避地海隅。曹操召为司空军谋祭酒掾属，又为曹丕五官将文学。后因病辞职家居，卒。

　　〔3〕陈思：谓曹植。曹植曾受封陈思王，因称。其《赠白马王彪》为五言长篇，今存。黄初四年（223），曹植、曹彪、曹彰俱朝京师。至洛阳，曹彰暴卒。返国时，曹植作此诗赠彪。时曹丕疑忌诸弟，植诗中颇见愤懑之情。曹彪答诗仅存佚句。

　　〔4〕公幹：刘桢字公幹。　往复：指赠答。今存刘桢《赠徐幹》诗一首。徐幹答诗仅存一残篇。

　　〔5〕莛：草茎。　扣：敲击。东方朔《答客难》："语曰：以管窥天，以蠡测海，以莛撞钟，岂能通其条贯，考其文理，发其音声哉！"此喻曹彪、徐幹之诗与曹植、刘桢之作相去悬殊。

【译文】

　　白马王与陈思王相赠答，徐伟长与刘公幹相往复，虽说是用草茎撞击洪钟，但也能做到从容文雅了。

魏仓曹属阮瑀[1]　晋顿丘太守欧阳建[2]
魏文学应场[3]　晋中书嵇含[4]
晋河内太守阮侃[5]　晋侍中嵇绍[6]
晋黄门枣据[7]

元瑜、坚石七君诗，并平典不失古体。大检似[8]，而二嵇微优矣。

【注释】

〔1〕阮瑀(165? —212)：字元瑜，陈留尉氏(今属河南)人。阮籍之父。建安七子之一。汉末建安中，与陈琳同为曹操辟为司空军谋祭酒，管记室。后为仓曹掾属。卒于建安十七年，实尚未入魏。

〔2〕顿丘：治所在今河南濮阳北。　欧阳建(？ —300)：字坚石，渤海郡(治南皮，今属河北)人。石崇之甥。曾为山阳令、尚书郎、冯翊太守等职。与石崇、潘岳同时为赵王伦所杀。《诗品》称"顿丘太守"，未详。

〔3〕应场(？ —217)：字德琏，应璩之兄。建安七子之一。为曹操丞相掾属，转曹植平原侯庶子，后为曹丕五官中郎将文学。

〔4〕嵇含(263—306)：字君道，谯国铚(今安徽宿县西)人。嵇康从孙。曾为尚书郎、从事中郎、中书侍郎、襄城太守等职。后投奔镇南将军刘弘于襄阳。弘卒，其部属作乱，含被杀。

〔5〕河内：郡名。治野王(今河南沁阳)。原作"河南"，误，据《世说新语·贤媛》注引《陈留志名》、《宋书·符瑞志下》改(参王发国《诗品考索》、曹旭《诗品集注》)。　阮侃：生卒年未详。字德如，

陈留尉氏（今属河南）人。与嵇康为友。官至河内太守。

〔6〕嵇绍（254—304）：字延祖，嵇康之子，嵇含从叔。西晋惠帝时，官至侍中。时王室内乱，绍为保卫惠帝，为乱军所杀。

〔7〕枣据：生卒年未详。字道彦，颍川长社（今河南长葛）人。西晋时曾为黄门侍郎、冀州刺史、太子中庶子。太康中（280—289）卒，年五十馀。

〔8〕大检：大致的法度、样式。检，法式。《三国志·吴志·步骘传》载颍川周昭论步骘等五人曰："此五君者，虽德实有差，轻重不同，至于趋舍大检，不犯四者（指急论议、争名势、重朋党、务欲速四者），俱一揆也。"趋舍大检，犹言立身行事之大法。

【译文】

阮元瑜、欧阳坚石等七君之诗，都平正典实，不失古代诗歌的体貌。大体的样式相似，而嵇含、嵇绍二人略微优秀一些。

晋中书张载[1] 晋司隶傅玄[2]
晋太仆傅咸[3] 魏侍中缪袭[4]
晋散骑常侍夏侯湛[5]

　　孟阳诗，乃远惭厥弟，而近超两傅[6]。长虞父子，繁富可嘉[7]。孝若虽曰后进[8]，见重安仁。熙伯《挽歌》，唯以造哀尔[9]。

【注释】

　　〔1〕张载：生卒年未详。字孟阳，张协之兄。曾为著作郎、弘农太守、中书侍郎等。西晋末政治动乱，遂无意仕进，称病归家，卒。

　　〔2〕傅玄(217—278)：字休奕，北地泥阳(今甘肃宁县东)人。曹魏时举秀才。入晋，曾任御史中丞、太仆、司隶校尉等。

　　〔3〕傅咸(239—294)：字长虞，傅玄之子。曾任太子中庶子、御史中丞、司隶校尉等。钟嵘称咸"太仆"，未详。　张锡瑜《钟记室诗平》疑本作"晋司隶傅咸　晋太仆傅玄"，可参。

　　〔4〕缪袭(186—245)：字熙伯，东海兰陵(今山东苍山西南)人。初辟御史大夫府，累迁侍中、光禄勋。

　　〔5〕夏侯湛(243—291)：字孝若，沛国谯(今安徽亳县)人。曾为野王令、散骑常侍等。

　　〔6〕近超：与上句"远惭"相对，远、近皆就诗歌水平之差距而言。两傅：指傅玄、傅咸。

　　〔7〕繁富：当指诗歌风貌。傅咸五言诗今存者甚少，难以窥其面目；至于傅玄之乐府诗作，言事则一一铺叙，描绘则面面俱到，繁富之评，

颇为的当。

〔8〕孝若: 原作"孝冲", 误。孝冲乃夏侯湛弟淳之字。 后进: 当谓夏侯湛诗歌之成就, 晚于诸人。

〔9〕"唯以"句: 言缪袭《挽歌》并非真用于哀悼死者, 只不过用来抒发哀情而已。吕德申《锺嵘诗品校释》: "'造哀'实为'告哀'之误。《诗·小雅·四月》: '君子作歌, 维以告哀。'王粲《为潘文则作思亲诗》: '诗之作矣, 情以告哀。'亦作'告哀'。"可参。

【译文】

张孟阳诗, 乃远逊于其弟, 而稍胜于傅玄、傅咸。傅咸父子, 文词繁富, 可以嘉许。夏侯孝若虽说是后进, 但为潘岳所推重。缪熙伯的《挽歌》, 只是用来抒发悲哀之情而已。

晋骠骑王济[1]　晋征南将军杜预[2]
晋廷尉孙绰[3]　晋征士许询[4]

永嘉以来，清虚在俗[5]。王武子辈诗，贵道家之言[6]。爰洎江表[7]，玄风尚备。真长、仲祖、桓、庾诸公犹相袭[8]。世称孙、许，弥善恬淡之词[9]。

【注释】

〔1〕王济：生卒年未详。字武子，太原晋阳（今山西太原）人。官至侍中，卒赠骠骑将军。

〔2〕杜预（222—284）：字元凯，京兆杜陵（今陕西西安）人。曾为镇南大将军、都督荆州诸军事。以平吴功，进爵当阳县侯。卒赠征南大将军。博学多通，撰有《春秋左氏经传集解》等。

〔3〕孙绰（314—371）：字兴公，太原中都（今山西平遥西南）人。孙楚之孙。曾为庾亮参军、王羲之右军长史、永嘉太守、廷尉卿等职。

〔4〕许询：生卒年未详。字玄度，高阳（今属河北）人。好山水，居于会稽，与谢安、王羲之、孙绰、支遁等游处其间。朝廷屡次征辟，皆辞谢不就。

〔5〕清虚：清静虚无。指道家言论。

〔6〕"王武子"二句：韩国李徽教《诗品汇注》："又王济、杜预，并卒于永嘉以前，而此云'永嘉以来'，则可知古人著书，不甚严其细微之处。"按：此二句乃追叙永嘉以前，非锺嵘叙事失次。（参杨焄《诗品译注》）

〔7〕爰：乃。　洎（jì计）：至。　江表：江外，江南。指东晋时期。

〔8〕真长：刘惔（约314—约349），字真长，沛国萧（今属安徽）人

（一说沛国相人）。尚明帝女庐陵公主。曾为司徒左长史、侍中、丹阳尹。　仲祖：王濛（309—347），字仲祖，太原晋阳（今山西太原）人。哀帝皇后之父。曾为司徒掾、中书郎、司徒左长史。与刘惔交好，同为东晋清谈风气中的著名人物。　桓：当指桓温（312—373），字元子，谯国龙亢（今安徽怀远西北）人。东晋权臣。曾西征平蜀，又北伐入洛。官至大司马。　庾：当指庾亮（289—340），字元规，颍川鄢陵（今属河南）人。明帝穆皇后之兄。曾为征西将军，领江、荆、豫三州刺史，图谋北伐，未成事而卒。

〔9〕弥：更加。　恬淡：指道家之言。《老子》三十五章："道之出口，淡乎其无味。"《庄子·刻意》："夫恬淡寂寞，虚无无为，此天地之本，而道德之质也。"

【译文】

永嘉以来，研习、谈论清静虚无之说，成为风气。王武子一班人的诗，崇尚道家之言。到了江南，玄风仍然盛行。刘真长、王仲祖、桓、庾诸公，仍旧继承其风。世人称说孙、许，他们更加擅长作恬淡的诗篇。

晋征士戴逵[1]

安道诗虽嫩弱，有清工之句[2]。裁长补短[3]，袁彦伯之亚乎[4]？逵子颙[5]，亦有一时之誉。

【注释】

〔1〕戴逵(329—396)：字安道，谯郡铚(今安徽宿县西)人。文章琴书，皆所擅长。居会稽剡县，屡辞征命。

〔2〕清工：一作"清上"。

〔3〕"裁长"句：意谓长短相抵，亦即将功补过之意。语出《孟子·滕文公上》："今滕绝长补短，亦五十里。"

〔4〕袁彦伯：东晋袁宏，字彦伯。见本书"中品"。

〔5〕颙：戴颙(378—441)，字仲若。刘宋时屡征不就。

【译文】

戴安道诗虽然嫩弱，但有清朗精工之句。取其长以补其短，是袁彦伯之流亚吧？其子戴颙，也有一时的声誉。

晋东阳太守殷仲文[1]

晋宋之际，殆无诗乎？义熙中，以谢益寿、殷仲文为华绮之冠[2]。殷不竞矣[3]。

【注释】

〔1〕东阳：郡名，治长山(今浙江金华)。 殷仲文(？—407)：字仲文，陈郡(治陈县，今河南淮阳)人。桓玄姐夫。桓玄篡夺帝位，为侍中，领左卫将军。桓玄败，复投晋军。后曾为东阳太守。义熙三年(407)，被杀。

〔2〕义熙：晋安帝司马德宗年号(405—418)。 谢益寿：谢混，字益寿，见本书"中品"。

〔3〕不竞：《左传》宣公元年："晋侯侈，赵宣子为政，骤谏不入，故不竞于楚。"杜预注："竞，强也。"

【译文】

晋、宋之际，几乎没有诗吧？义熙年间，以谢混、殷仲文诗为绮丽之首。殷是不能争胜的。

宋尚书令傅亮[1]

季友文[2]，余常忽而不察。今沈特进撰诗[3]，载其数首，亦复平美。

【注释】

〔1〕傅亮(374—426)：字季友。北地灵州(今宁夏永宁)人。西晋司隶校尉傅咸玄孙。晋末曾随刘裕北伐，为中书令。佐刘裕篡晋立宋。宋时曾为中书令、中书监、尚书令等，后为宋文帝所杀。

〔2〕文：指诗。当时以"文"、"笔"对举，文指押韵之作，包括诗，笔指不押韵的作品。傅亮所擅长的表策文诰等公家之文即属于笔。

〔3〕沈特进：指沈约。梁天监十一年（512），沈约加特进(官名)。

撰诗：沈约编有《集钞》十卷，见《隋书·经籍志》总集类。"撰诗"或即指此。

【译文】

傅季友诗，我曾忽视而未加细察。如今沈特进编撰诗集，录载了他的几首诗，也还平正和美。

宋记室何长瑜[1] 羊曜璠[2]

才难[3]，信矣！以康乐与羊、何若此[4]，而二人文辞，殆不足奇。

【注释】

〔1〕何长瑜（？—443）：东海郡（治郯县，今山东郯城）人。曾在会稽教谢惠连读书。为临川王刘义庆国侍郎、平西记室参军。庐陵王刘绍辟为僚属，上任途中遇暴风溺死。

〔2〕羊曜璠（？—459）：名睿之，曜璠为其字。泰山郡（治奉高，今山东泰安东）人。曾为临川国内史。为竟陵王刘诞所赏遇，刘诞作乱被杀，曜璠亦牵连受诛。

〔3〕才难：语本《论语·泰伯》："孔子曰：才难，不其然乎！"

〔4〕与：交往。 谢灵运在会稽，与族弟谢惠连、何长瑜、羊曜璠及颍川荀雍以文章赏会，共为山泽之游，时人称为四友。灵运目长瑜为"当今仲宣（王粲）"。

【译文】

人才难得，确实如此啊！以谢康乐的文才，与羊、何有这样的交往，而二人的文辞，几乎是不足为奇的。

宋詹事范晔[1]

蔚宗诗，乃不称其才。亦为鲜举矣[2]。

【注释】

〔1〕范晔（398—446）：字蔚宗，顺阳郡顺阳县（今河南淅川东南）人。曾为尚书吏部郎、宣城太守、太子詹事等职。博涉经史，擅长文章，明晓音律。撰《后汉书》纪传九十篇。以牵连谋反事被杀。

〔2〕鲜举：二字费解。古直《锺记室诗品笺》疑为"轩举"之误。

【译文】

范蔚宗的诗，竟与他的才能不相称。不过也算是鲜明挺拔了。

宋孝武帝[1]　宋南平王铄[2]　宋建平王宏[3]

孝武诗，雕文织彩，过为精密，为二藩希慕[4]，见称轻巧矣。

【注释】

〔1〕宋孝武帝：即刘骏（430—464），字休龙，彭城（今江苏徐州）人。宋文帝刘义隆第三子。元嘉三十年（453）即帝位。以爱好文章著称。

〔2〕宋南平王铄：即刘铄（431—453）。字休玄，刘骏之弟。元嘉十六年（439），封南平王。文帝为其长子刘劭所弑，而铄为劭所信任，又与孝武帝不睦，故被毒死。

〔3〕宋建平王宏：即刘宏（434—458），字休度，文帝第七子。元嘉二十一年（444）封建平王。

〔4〕二藩：指刘铄、刘宏。藩，藩国。皇室分封诸王，称藩国，取卫护、藩屏之义。

【译文】

宋孝武帝诗，雕镂编织词藻文采，搞得过于精密，为南平、建平二王所向往羡慕，被称为轻丽巧妙了。

宋光禄谢庄^{〔1〕}

希逸诗，气候清雅^{〔2〕}。不逮于王、袁^{〔3〕}。然兴属闲长^{〔4〕}，良无鄙促也。

【注释】

〔1〕谢庄(421—466)：字希逸，陈郡阳夏(今河南太康)人。官至中书令、散骑常侍，加金紫光禄大夫。卒赠右光禄大夫。

〔2〕气候：犹言气韵、气调，指作品的风貌、风格。

〔3〕王、袁：一作范、袁。韩国车柱环《锺嵘诗品校证》："作王、袁疑是原本。王谓王微，袁谓袁淑。《文心雕龙·时序》篇'王、袁联宗以龙章'，即以王、袁并称，与此同例。"（据曹旭《诗品集注》引）按：车说是。谢庄与王微、袁淑同时。《宋书·谢庄传》载，元嘉二十七年（450），北魏使者李孝伯来，"与镇军长史张畅共语，孝伯访问庄及王微。其名声远布如此"。又载："时南平王铄献赤鹦鹉，普诏群臣为赋。太子左卫率袁淑文冠当时，作赋毕，赍以示庄。庄赋亦竟，淑见而叹曰：'江东无我，卿当独秀；我若无卿，亦一时之杰也。'遂隐其赋。"足见谢庄与王微、袁淑名声相亚。故锺嵘取以为比。

〔4〕兴属：感兴属辞。

【译文】

谢希逸诗，风格清朗优雅。及不上王微、袁淑，然而感兴作诗，闲雅悠长，确实没有鄙俗迫促的弊病。

宋御史苏宝生^[1]　宋中书令史陵修之^[2]
宋典祠令任昙绪^[3]　宋越骑戴法兴^[4]

　　苏、陵、任、戴，并著篇章，亦为缙绅之所嗟咏。人非文是，愈有可嘉焉。

【注释】

〔1〕苏宝生(？—458)：出身寒门。宋文帝元嘉年间，为国子学《毛诗》助教，官至南台侍御史、江宁令。因知高阇造反而未及时启报，被杀。

〔2〕陵修之：生平未详。

〔3〕任昙绪：生平未详。

〔4〕戴法兴(414—465)：会稽山阴(今浙江绍兴)人。家贫，好学。宋孝武帝时为南台侍御史、中书通事舍人等。前废帝即位，为越骑校尉。后被赐死。

【译文】

　　苏、陵、任、戴，都作有诗章，也为达官贵人们所嗟赏吟咏。其人不足道而其诗值得肯定，更该给以称许呢。

宋监典事区惠恭[1]

惠恭本胡人，为颜师伯幹[2]。颜为诗笔，辄偷定之[3]。后造《独乐赋》，语侵给主[4]，被斥。及大将军修北第[5]，差充作长[6]。时谢惠连兼记室参军[7]，惠恭时往共安陵嘲调[8]。末作《双枕诗》以示谢。谢曰："君诚能，恐人未重，且可以为谢法曹造，遗大将军[9]。"见之赏叹，以锦二端赐谢[10]。谢辞曰："此诗，公作长所制，请以锦赐之。"

【注释】

〔1〕区惠恭：生平未详。

〔2〕颜师伯（419—465）：字长渊，琅琊临沂（今属山东）人。颜延之族子。宋孝武帝时，曾为御史中丞、侍中、青冀二州刺史、吏部尚书等。前废帝时，迁尚书仆射，领丹阳尹。因权重骄恣，为废帝所忌，被杀。　幹：供驱使办事者。汉魏时政府办事人员中有所谓"幹"，系低级小吏，主文书。至南朝时其地位更低，近乎奴仆。（参程应镠《释"幹"》）

〔3〕诗笔：指诗与不押韵的应用文字之类。　定：改定。

〔4〕给主：所服事之主。此指颜师伯。给，有供事、服役意。《宋书·沈演之传》："世祖（宋孝武帝）诏曰：'自顷幹僮，多不祗给主，可量听行杖。'得行幹杖，自此始也。"（参王发国《诗品考索》）

〔5〕大将军：指彭城王刘义康（409—451），宋文帝刘义隆之弟。元嘉十六年（439），进位大将军，领司徒，辟召掾属。本条所叙事实在其进

位大将军之前，锺嵘系以其后来职务称呼之(参萧华荣《诗品注译》)。

北第：指刘义康所居第宅。《宋书·王僧绰传》载，刘劭弑宋文帝，杀王僧绰，"因此陷北第诸王侯，以为与僧绰有异志"。《资治通鉴》卷一二七"文帝元嘉三十年"载此事，胡三省注："诸王侯列第于台城北，故曰北第。"

〔6〕作长：犹言工头。

〔7〕"时谢惠连"句：《宋书·谢惠连传》："元嘉七年(430)，方为司徒彭城王义康法曹参军。是时义康治东府城，城堑中得古冢，为之改葬，使惠连为祭文，留信待成，其文甚美。……十年，卒，时年二十七。"据此可知，锺嵘所叙区惠恭与谢惠连嘲调，其事当在元嘉七、八年间。其时颜师伯才十二三岁，尚未入仕。锺嵘先叙颜师伯事，再叙谢惠连事，并非以事件发生之先后为序。及，犹"於"也。(参吴昌莹《经词衍释》)谓当大将军修北第之时，区惠恭充作长。"及"字在此并非表示时间之先后。　又，《宋书·谢惠连传》云"是时义康治东府城"，锺嵘则云修北第。东府在台城东南，北第则在台城北，二者并非一处。不知是锺嵘误记，还是当时两处都曾修治。

〔8〕安陵：安陵君，战国时楚王之嬖幸。曹旭《诗品集注》："惠恭当与惠连以男色相娱悦，故'末作《双枕诗》示谢'。"按：谢惠连实有此癖。《宋书》本传云，其出仕前，即爱会稽郡吏杜德灵，居父忧时尚赠以五言诗十馀首，行于世。

〔9〕遗(wèi为)：送给。

〔10〕端：量词。表布帛等的长度。

【译文】

区惠恭原是胡人，为颜师伯之幹。颜师伯写了诗文，惠恭往往私下加以改定。后来作《独乐赋》，赋中的话语冒犯了主人，于是被斥逐。当大将军刘义康修治第宅之时，派他充当工头。其时谢惠连兼任大将军的记室参军，惠恭有时去他那儿一起以男色为题嘲谑调笑。最后作《双枕诗》给谢惠连看。谢惠连说："你确实能做诗，只怕人们还并不看重。姑且可以把它说成是我谢法曹所作，送给大将军。"大将军看到了以后赞赏叹美，以锦二端赐给谢惠连。谢惠连辞谢道："这首诗是大人的工头所作，请把锦赐给他。"

齐惠休上人[1]　齐道猷上人[2]　齐释宝月[3]

惠休淫靡[4]，情过其才。世遂匹之鲍照，恐商、周矣[5]。羊曜璠云，是颜公忌照之文[6]，故立休、鲍之论[7]。康、白二胡[8]，亦有清句。《行路难》是东阳柴廓所造[9]。宝月尝憩其家，会廓亡，因窃而有之[10]。廓子赍手本出都[11]，欲讼此事[12]，乃厚赂止之。

【注释】

〔1〕惠休上人：生卒年未详。俗姓汤。宋南兖州刺史徐湛之招集文士，待之甚厚。宋孝武帝命其还俗。位至扬州从事史。锺嵘称"齐惠休上人"，未详。或许惠休卒于齐世。上人，和尚。

〔2〕道猷上人：生卒年未详。《高僧传》卷五《晋吴虎丘东山寺竺道壹传》："时若耶山有帛道猷者，本姓冯，山阴（今浙江绍兴）人，少以篇牍著称。性率素，好丘壑，一吟一咏，有濠上之风，与道壹经有讲筵之遇。"此道猷乃晋人。锺嵘所举，不知即此人否。若即此人，则应作"晋道猷上人"。又，《高僧传》卷七有《宋京师新安寺释道猷传》，乃别自一人，非若耶山之帛道猷。

〔3〕释宝月：生卒年未详。俗姓康。精音律。齐武帝萧赜曾游樊、邓，登祚后追忆往事，作《估客乐》，使宝月配以管弦。

〔4〕淫靡：过分艳丽。一作"浮靡"，谓华而不实，意亦相近。

〔5〕恐商周：典出《左传》桓公十一年："商、周之不敌，君之所知也。"意谓商纣王不能与周武王相匹敌。此借用其语，云惠休不能与鲍照相比。

〔6〕颜公：指颜延之。

〔7〕休、鲍之论：指将惠休与鲍照并列的论调。

〔8〕康、白：康字原作"庾"，据古直《锺记室诗品笺》说改。康、庾形近易误。释子之康姓，与西域康居国有关。其出于该国者，多以康为姓。 古氏又云白当改作"帛"，则不必。白、帛音近，皆西域龟兹姓之音译。如为吕光所杀之龟兹国王，《出三藏记集》卷十四《鸠摩罗什传》作帛纯，《高僧传》卷二《鸠摩罗什传》则作白纯；《梁书·诸夷传》作帛纯；《晋书·吕光载记》作帛纯，同书《四夷传》、《艺术·鸠摩罗什传》又作白纯(冯承钧《再说龟兹白姓》拟其音为 puspa)。即以《高僧传》卷五所载之帛道猷而言，白居易《沃洲山禅院记》云："厥初有罗汉僧西天竺人白道猷居焉。"又云： "昔道猷肇开兹山，后(白)寂然嗣兴兹山，今日乐天又垂文兹山。异乎哉沃洲山，与白氏其世有缘乎!"即以道猷为白姓。 二胡：锺嵘以为康宝月、帛道猷皆出于少数民族。若帛道猷即《高僧传》卷五所载者，据该传乃山阴人，据白居易说则为胡人。未详(东晋释道安以前，释子以其师姓为姓，故冠以西域姓氏者未必都是胡人)。

〔9〕东阳：郡名，治长山(今浙江金华)。 柴廓：其人未详。

〔10〕窃而有之：意谓将其诗说成是自己所作。

〔11〕赍(jī 鸡)：带着。 手本：手稿；稿本。 出都：来到京城。

〔12〕讼：争论是非。

【译文】

惠休诗过于华艳，情思超过其诗才。世人便把他与鲍照相比并，恐怕他是难以和鲍照相匹敌的了。羊曜璠说，这是颜延之忌妒鲍照的诗，因此制造这种休、鲍相匹之论。康宝月、白道猷二胡僧，也有清朗之句。《行路难》是东阳人柴廓所作。宝月曾栖息于其家，正遇上柴廓逝世，便窃为己有。柴廓之子带着手稿来到京都，打算就此事争个明白，宝月乃给他一大笔贿赂平息了此事。

齐高帝[1] 宋征北将军张永[2]
齐太尉王文宪[3]

齐高帝诗，词藻意深[4]，无所云少[5]。张景云虽谢文体[6]，颇有古意。至如王师文宪[7]，既经国图远，或忽是雕虫。

【注释】

〔1〕齐高帝：即萧道成（427—482），字绍伯，南兰陵（今江苏武进西北）人。宋时为太尉、相国，封齐王。废宋自立，建齐。

〔2〕宋征北将军：原作齐征北将军，误。 张永（410—475）：字景云，吴郡吴（今江苏苏州）人。宋后废帝元徽二年（474），为征北将军、南兖州刺史。卒于宋元徽三年。

〔3〕王文宪：即王俭（452—489），字仲宝，琅琊临沂（今属山东）人。宋时官至吏部郎。助萧道成代宋立齐，封南昌县公。齐时曾为侍中、尚书令、国子祭酒、中书监等。卒赠太尉，谥文宪。

〔4〕藻：美丽。

〔5〕无所云少：不为不足，不可小看。《宋书·恩幸·王道隆传》："兄道迄，涉学善书，形貌又美，吴兴太守王韶之谓人曰：'有子弟如王道迄，无所少。'"无所云少即无所少。云，句中助词，无义。少，不足（参王发国《诗品考索》、曹旭《诗品集注》）。

〔6〕谢：逊，歉。

〔7〕王师：锺嵘于齐永明间为国子学生，王俭为祭酒（国子学最高领导），故称为师。王，原作"三"，误。

【译文】

　　齐高帝的诗作，文词美丽，意旨深隐，不为不足。张景云虽然诗体有所不足，但颇有古代诗歌的意态。至于王师文宪，既然致力于治理国家，规划远略，那么或许是轻视这雕虫小技的。

齐黄门谢超宗[1]　齐浔阳太守丘灵鞠[2]
齐给事中郎刘祥[3]　齐司徒长史檀超[4]
齐正员郎锺宪[5]　齐诸暨令颜测[6]
齐秀才顾则心[7]

　　檀、谢七君，并祖袭颜延，欣欣不倦[8]，得士大夫之雅致乎！余从祖正员常云[9]，大明、泰始中[10]，鲍、休美文，殊已动俗。唯此诸人，传颜、陆体，用固执不移[11]。颜诸暨最荷家声[12]。

【注释】
　　〔1〕谢超宗（？—483）：谢灵运之孙。宋时曾为新安王国常侍、临淮太守等。入齐，为黄门郎、竟陵王征北谘议参军等。以轻慢朝廷，得罪武帝，赐令自尽。
　　〔2〕浔阳：郡名，治柴桑（今江西九江）。　丘灵鞠：生卒年未详。吴兴乌程（今浙江吴兴）人。宋时曾为吴兴令、建康令等。齐时曾为浔阳相、东观祭酒、长沙王车骑长史等。
　　〔3〕给事中郎：张锡瑜《锺记室诗平》据《南齐书》本传改为"从事中郎"，可参。　刘祥：生卒年未详。字显征，东莞莒（今属山东）人。宋时为巴陵王征西行参军等。齐时曾为冠军征虏功曹、长沙王谘议参军、临川王骠骑从事中郎等。以轻慢不逊，徙广州。不久病卒，年三十九。
　　〔4〕檀超：生卒年未详。字悦祖，高平金乡（今属山东）人。宋时曾为零陵内史、国子博士等职。齐时为常侍、司徒右长史。齐高帝建元二年（480），与江淹共掌史职，其功未就而卒。

〔5〕正员郎：即散骑侍郎（据《通典》卷二一职官三"通直散骑侍郎"注、卷二二职官四"历代郎官"注。参曹旭《诗品集注》引韩国车柱环《锺嵘诗品校证》）。　锺宪：锺嵘从祖。生平未详。

〔6〕诸暨：县名，属会稽郡，今属浙江。　颜测：生卒年未详。颜延年之子。宋时官至江夏王刘义恭大司马录事参军。其为诸暨令事，不见于史传。

〔7〕顾则心：生平未详。齐永明年间，曾为诸王讲《易》。

〔8〕欣欣：喜乐貌。

〔9〕从祖正员：即正员郎锺宪。

〔10〕大明：宋孝武帝刘骏年号（457—464）。　泰始：宋明帝刘彧年号（465—471）。

〔11〕用：乃。

〔12〕荷(hè 贺)：担负。

【译文】

檀、谢等七位作者，都效法颜延之，乐而不疲，有士大夫文雅的意态吧！我的从祖正员郎曾说：大明、泰始年间，鲍照、惠休的绮丽诗歌，已经使人们非常兴奋钦慕。只有这几位继承颜延之、陆机的体貌风格，乃坚定不移。其中颜测最担得起他家的名声。

晋参军毛伯成^[1]　宋朝请吴迈远^[2]
齐朝请许瑶之^[3]

伯成文不全佳，亦多惆怅。吴善于风人答赠^[4]。许长于短句咏物^[5]。汤休谓远云^[6]："吾诗可为汝诗父。"以访谢光禄^[7]，云："不然尔^[8]，汤可为庶兄^[9]。"

【注释】

〔1〕晋参军：原作"齐参军"，误。据张锡瑜《锺记室诗平》改。　毛伯成：生卒年未详。毛玄，字伯成，颍川(治长社，今河南长葛东)人。东晋时官至征西行军参军。

〔2〕宋朝请：原作"齐朝请"，误。吴迈远卒于宋元徽二年（474）。据张锡瑜《锺记室诗平》改。　吴迈远(？—474)：宋时曾为桂阳王刘休范江州从事。休范反叛失败，牵连被杀。

〔3〕许瑶之：生卒年未详。高阳北新城(今河北徐水西)人。宋时曾为建安郡丞。据王发国《诗品考索》所考，许瑶之应是宋人。《诗品》作"齐朝请"，误。

〔4〕风人答赠：指以民歌体作赠答之词。当时流行之《吴声》《西曲》多为五言四句，且颇有相互赠答之语。吴迈远所作，当亦用此体。《南史》卷七二《檀超传》云："又有吴迈远者，好为篇章。宋明帝闻而召之。及见，曰：'此人连绝之外，无所复有。'"当时所谓连绝，亦多以五言四句相连而成。参"中品"谢惠连条"风人第一"注。

〔5〕短句：指五言四句诗体。《南齐书·武陵昭王晔传》："与诸王共作短句诗，学谢灵运体，以呈上。报曰：'见汝二十字诗，诸儿作中最为优者。'"

〔6〕汤休：即汤惠休。见"下品"。

〔7〕谢光禄：指谢庄。见"下品·宋光禄谢庄"条。

〔8〕尔：句末助词。

〔9〕庶兄：庶出之兄。正妻所生曰嫡，非正妻所生曰庶。此言庶兄，乃调侃语。

【译文】

毛伯成诗并不都好，但亦多惆怅之辞。吴迈远善于以风人体作赠答之语。许瑶之长于以五言四句作咏物诗。汤惠休对吴迈远说："我的诗可以做你的诗的父亲。"拿这话去问谢庄，谢庄说："不是这样的呢，汤惠休的诗可以做庶兄。"

齐鲍令晖[1]　齐韩兰英[2]

令晖歌诗，往往崭绝清巧[3]，拟古尤胜。唯《百愿》淫矣[4]。照常答孝武云："臣妹才自亚于左芬[5]，臣才不及太冲耳[6]。"兰英绮密[7]，甚有名篇。又善谈笑。齐武以为"韩公"[8]。借使二媛生于上叶[9]，则"玉阶"之赋[10]，"纨素"之辞[11]，未讵多也[12]。

【注释】

〔1〕鲍令晖：生卒年未详。宋诗人鲍照之妹。

〔2〕韩兰英：生卒年未详。吴郡(治吴县，今江苏苏州)人。宋孝武帝时献《中兴赋》，被赏入宫。为后宫司仪。齐武帝以为内博士。

〔3〕崭绝：出众不凡之意。

〔4〕《百愿》：其诗已佚，内容未详。此句一作"唯百韵淫杂矣"。

〔5〕左芬(？—300)：西晋诗人左思之妹。晋武帝时入宫为贵嫔。

〔6〕太冲：左思字太冲。见"上品"。

〔7〕绮密：组织精密。见"中品"颜延之条"体裁绮密"注。

〔8〕"齐武"句：齐武帝因韩兰英年老多识，称之为"韩公"。事见《南齐书·皇后传》。

〔9〕二媛：指鲍令晖和韩兰英。　上叶：犹言前代。

〔10〕"玉阶"之赋：指班婕妤《自悼赋》。赋有"华殿尘兮玉阶苔"之句。玉阶，石阶的美称。

〔11〕"纨素"之辞：指班婕妤《团扇》诗。诗有"新裂齐纨素"之句。

〔12〕讵(jù巨)：遂，就(参刘淇《助字辨略》)。　多：重视。

【译文】

鲍令晖的歌诗，常常是非同一般，清朗工巧，拟古之作尤其出色。只是《百愿》过分了。鲍照曾回答宋孝武帝说："臣妹的才华，本是左芬之亚；只是臣的才华，不如左太冲罢了。"韩兰英诗组织精密，很有著名的篇章。又善于言谈戏谑。齐武帝称她为"韩公"。假使二位才女生活在前代，那么"玉阶"之赋、《团扇》之诗，是不会就被人看重的。

齐司徒长史张融[1]　齐詹事孔稚珪[2]

思光诗缓诞放纵[3]，有乖文体。然亦捷疾丰饶[4]，差不局促[5]。德璋生于封溪[6]，而文为雕饰，青于蓝矣[7]。

【注释】

〔1〕张融（444—497）：字思光，吴郡吴（今江苏苏州）人。张永从侄。宋孝武帝时曾为封溪令、萧道成太傅掾。齐永明间，官至司徒左长史。

〔2〕孔稚珪（447—501）：字德璋，会稽山阴（今浙江绍兴）人。张融表弟。宋时曾为萧道成骠骑记室参军等。齐时官至太子詹事，加散骑常侍。

〔3〕缓诞放纵：一作“缓放诞纵”，逸荡无规检之意（参王发国《诗品考索》）。

〔4〕捷疾丰饶：指才思敏捷而丰富（参王发国《诗品考索》）。

〔5〕差：颇，很（见张相《诗词曲语辞汇释》卷二）。

〔6〕封溪：县名，属交州武平郡，在今越南河内西北。张融曾为封溪令，故以封溪代指张融。

〔7〕青于蓝：语本《荀子·劝学》：“青，取之于蓝而青于蓝。”此喻孔稚珪诗出于张融而胜于张融。

【译文】

张思光诗逸荡放纵，有悖于诗歌应有的体貌。然而也文思敏捷富赡，颇不局促拘束。孔德璋诗出于张融，而注重雕饰，青出于蓝而胜于蓝了。

齐宁朔将军王融[1]　齐中庶子刘绘[2]

　　元长、士章，并有盛才，词美英净[3]。至于五言之作，几乎尺有所短[4]，譬应变将略，非武侯所长，未足以贬卧龙[5]。

【注释】

　　[1] 王融（467—493）：字元长，琅琊临沂（今属山东）人。王俭从子。曾为竟陵王萧子良法曹行参军、宁朔将军等。因欲拥立子良，被郁林王萧昭业赐死。

　　[2] 刘绘（458—502）：字士章，彭城（今江苏徐州）人。宋时曾为萧道成太尉行参军。齐时为太子中庶子、长沙内史、南东海太守等。

　　[3] 词美英净：一作"词笔莹净"。

　　[4] 尺有所短：喻大才亦有其短处。语本《楚辞·卜居》："夫尺有所短，寸有所长。"

　　[5] "譬应变"三句：《三国志·蜀志·诸葛亮传》："盖应变将略，非其所长欤？"此喻王融、刘绘虽不长于五言诗，但自是大才，未可贬抑。有回护之意。武侯、卧龙，均指诸葛亮。诸葛亮人称卧龙，封武乡侯。

【译文】

　　王元长、刘士章，都有大才。文词华美明净。至于五言诗之作，近乎尺有所短。譬如作战时应变谋划，非诸葛武侯所长，但这并不足以贬抑卧龙先生。

齐仆射江祐[1]

祐诗猗猗清润[2]。弟祀[3]，明靡可怀。

【注释】

〔1〕江祐(？—499)：字弘业，济阳考城(今河南民权东北)人。其姑为齐明帝萧鸾之母。萧鸾即位，封安陆县侯，为太子詹事、侍中、中书令等职。又遗诏转右仆射。后因欲立始安王萧遥光为帝，为东昏侯萧宝卷所杀。

〔2〕猗猗：美盛貌。

〔3〕祀：江祀(？—499)，字景昌，江祐之弟。曾为南东海太守等职，亦以外戚为齐明帝所亲重。与江祐同日被杀。

【译文】

江祐诗美而盛，清朗滋润。他的弟弟江祀之诗，明净美丽，很可怀想。

齐记室王巾^[1]　齐绥建太守卞彬^[2]
齐端溪令卞铄^[3]

王巾、二卞诗，并爱奇崭绝，慕袁彦伯之风^[4]。虽不弘绰^[5]，而文体剿净^[6]，去平美远矣。

【注释】

〔1〕王巾（？—505）：字简栖，琅琊临沂（今属山东）人。曾为郢州从事、征南记室等。按：王巾，或说当作王屮。屈守元先生《文选导读》引胡绍煐《文选笺证》，以为作"巾"不误，今从之。

〔2〕绥建：原作"绥远"，误。据张锡瑜《锺记室诗平》说改。郡名，治新招（今广东广宁南）。　卞彬：生卒年未详。字士蔚，济阴冤句（今山东菏泽西南）人。齐永元（499—500）中，为平越长史、绥建太守，卒于任上。

〔3〕端溪：县名，今广东德庆。　卞铄：生卒年未详。宋时曾为丹阳主簿。好诗赋，多讥刺世人，获罪徙巴州。

〔4〕袁彦伯：东晋袁宏，字彦伯。见"中品"。

〔5〕弘绰：宽宏。

〔6〕剿（chāo 抄）：矫健轻捷。

【译文】

王巾、卞彬、卞铄诗，都爱好奇特而不同凡响，羡慕袁彦伯的作风。虽然不宏大宽裕，但体貌矫健利落，与平正娴美的风格相去很远了。

齐诸暨令袁嘏[1]

嘏诗平平耳，多自谓能。常语徐太尉云[2]："我诗有生气，须人捉着。不尔[3]，便飞去。"

【注释】

〔1〕诸暨：县名，属会稽郡，今属浙江。 袁嘏：生卒年未详。陈郡（治陈县，今河南淮阳）人。齐明帝建武（494—497）末，为诸暨令。为会稽太守王敬则所杀。

〔2〕徐太尉：指徐孝嗣（？—499）。孝嗣以佐齐明帝萧鸾登基有功，加侍中、中军大将军，进爵为公。后为东昏侯萧宝卷所杀。和帝即位，追赠太尉。

〔3〕不尔：不然。

【译文】

袁嘏诗平平而已，却总是自以为能。曾经对徐孝嗣说："我的诗有生气，必须有人捉住。不然的话，就飞走了。"

齐雍州刺史张欣泰[1]　梁中书郎范缜[2]

欣泰、子真，并希古胜文[3]，鄙薄俗制，赏心流亮[4]，不失雅宗。

【注释】

〔1〕张欣泰(456—501)：字义亨，竟陵郡竟陵(今湖北潜江西)人。出身将门而爱好文学。曾为宁朔将军、河东内史、永阳太守、辅国将军等职。齐末萧衍起兵，东昏侯以欣泰为雍州刺史。欣泰欲谋废立，事败被杀。

〔2〕范缜：生卒年未详。字子真，南乡舞阴(今河南泌阳西北)人。齐永明中，曾在竟陵王萧子良门下，以《神灭论》与诸人辩论。入梁，为晋安太守、尚书左丞、中书郎、国子博士等。

〔3〕胜文：指诗风质朴。《论语·雍也》："质胜文则野。"

〔4〕流亮：即浏亮。

【译文】

张欣泰、范子真，都希慕古人，诗风质朴。他们鄙薄世俗之作，欣赏清朗鲜明，不失为雅正一派。

齐秀才陆厥[1]

观厥《文纬》[2]，具识文之情状。自制未优，非言之失也。

【注释】

〔1〕齐秀才：原作"梁秀才"，误。据张锡瑜《锺记室诗平》改。陆厥(472—499)：字韩卿，吴郡吴(今江苏苏州)人。州举秀才，为王晏少傅主簿，迁后军行参军。为五言诗追求新变。曾与沈约书，言古人已知诗文声律。东昏侯永元元年，扬州刺史萧遥光举兵反，事败被杀。其父闲为扬州别驾，亦被诛。厥感痛而卒。

〔2〕《文纬》：未详。诸家注多以为当是陆厥论文的著作。

【译文】

看陆厥的《文纬》，很懂得文章的情况。他自己的作品不佳，但并非其议论有错失。

梁常侍虞羲^[1]　梁建阳令江洪^[2]

　　子阳诗奇句清拔，谢朓常嗟诵之。洪虽无多，亦能自迥出。

【注释】

　　〔1〕虞羲：生卒年未详。字子阳，一说字士光。会稽馀姚（今属浙江）人。齐永明末为太学生。曾为始安王侍郎等。梁天监（502—519）中，为晋安王侍郎，卒于任上。锺嵘云虞羲为常侍，不详。

　　〔2〕建阳：县名，属建安郡，今属福建。　江洪：生卒年未详。济阳考城（今河南民权东北）人。齐永明间曾在竟陵王萧子良门下，梁时曾为建阳令。因事被诛。

【译文】

　　虞子阳诗有奇句，清朗秀拔，谢朓常常嗟赏讽诵它们。江洪诗虽不多，却也能秀异出众。

梁步兵鲍行卿[1]　梁晋陵令孙察[2]

　　行卿少年，甚擅风谣之美。察最幽微[3]，而感赏至到耳[4]。

【注释】
　　〔1〕鲍行卿：生卒年未详。梁武帝时为后军临川王录事，兼中书舍人，迁步兵校尉。
　　〔2〕晋陵：郡名，亦县名(今江苏常州)。　孙察：生平未详。叶长青《诗品集释》引陈直云，当即《梁书·孙谦传》所载之孙廉。《梁书》作者姚思廉避父姚察讳，故改孙察为孙廉。廉字思约，东莞莒(今属山东)人。齐时已为大县县令、尚书右丞，梁天监中为御史中丞、晋陵、吴兴太守等。
　　〔3〕幽微：一作"孤微"，指门第寒微。一说，幽微指诗之风格深远细微(见曹旭《诗品集注》)。
　　〔4〕至到：谓程度达于极点。为六朝人常语(参吴金华《世说新语考释》、方一新《东汉魏晋南北朝史书词语笺释》)。

【译文】
　　鲍行卿少年人，颇擅有风谣之美。孙察出身最为寒微，而感受欣赏的能力却非常强。

中国古代名著全本译注丛书

周易译注

尚书译注

诗经译注

周礼译注

仪礼译注

礼记译注

大戴礼记译注

左传译注

春秋公羊传译注

春秋穀梁传译注

论语译注

孟子译注

孝经译注

尔雅译注

考工记译注

国语译注

战国策译注

三国志译注

贞观政要译注

吕氏春秋译注

商君书译注

晏子春秋译注

入蜀记译注·吴船录译注

孔子家语译注

孔丛子译注

荀子译注

中说译注

老子译注

庄子译注

列子译注

孙子译注

鬼谷子译注

六韬·三略译注

管子译注

韩非子译注

墨子译注

尸子译注

淮南子译注

说苑译注

近思录译注

传习录译注

齐民要术译注

金匮要略译注

食疗本草译注

救荒本草译注

饮膳正要译注

洗冤集录译注

周髀算经译注

九章算术译注

茶经译注（外三种）修订本